Erotische Krimis mit Schuss

Passion criminelle

EUROPA
VERLAG

SOPHIE ANDRESKY
ROGER M. FIEDLER
FRANK GOYKE
THOMAS S. ROCHE

Passion criminelle

Erotische Krimis mit Schuss
herausgegeben von *Lisa Kuppler*

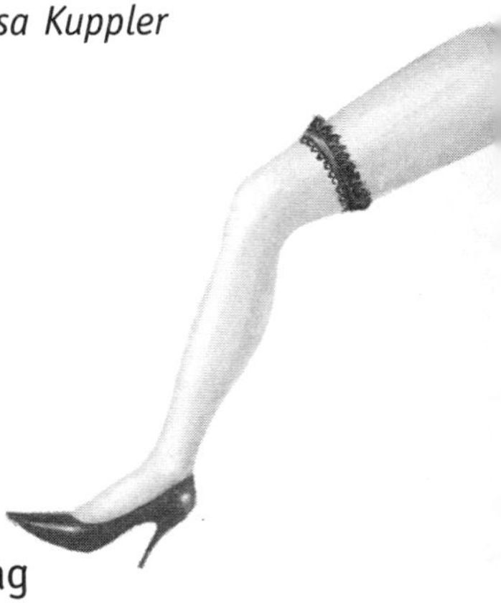

Europa Verlag
Hamburg · Wien

Umschlaggestaltung: Kathrin Steigerwald, Hamburg
Innengestaltung: Frauke Weise, Hamburg
Druck und Bindung: Offizin Andersen Nexö, Leipzig
ISBN 3-203-79202-8

Informationen über unser Programm erhalten Sie beim
Europa Verlag, Neuer Wall 10, 20354 Hamburg
oder unter www.europaverlag.de

Das Yu Men Gu An von Otterndorf

von Frank Goyke

Im Frühjahr und Herbst ging der Wind sadistischen Neigungen nach. Er peitschte die Bäume, die laut stöhnten, er schlug auf die Dachziegel, schlug die Fenster, brüllte Befehle. Aber er mochte sich gebärden, wie er wollte, die alte Standuhr, die Gerlind von ihrer Großmutter geerbt hatte, konnte er nicht aus der Ruhe bringen und nicht übertönen. Sie zeigte die elfte Abendstunde an.

Gerlind saß über den Belegen der Fleischerei Brink. Brink gehörte zu ihren treuesten Mandanten. Gerade deswegen hatte sie seine Steuererklärung vor sich hergeschoben und war nun dermaßen in die Bredouille geraten, dass sie sich Arbeit hatte mit nach Hause nehmen müssen. Das geschah allerdings häufig, und es machte ihr nichts aus. Seit drei Jahren wartete sie Abend für Abend auf ihren Mann. Es war vollkommen gleichgültig, ob sie es vor dem Fernsehgerät oder am Schreibtisch tat.

Der Wind wurde wilder. Er stand vor seinem Höhepunkt, und wie jeder Mann würde er danach sofort einschlafen. Gerlind lächelte und schüttelte den Kopf. Sie hatte ihr häusliches Arbeitszimmer unter dem Dach eingerichtet, weil sie schräge Wände liebte. Sie war ein Mensch der Zahlen und der Gesetze, aber das bedeutete nicht, dass sie nur das Zählbare und Übersichtliche, dass sie nur den rechten Winkel liebte. Das Gegenteil war der Fall. Als Steuerberaterin war Gerlind korrekt. Als Frau liebte sie das Ungerade.

Unten ging die Tür. Gerlind lauschte. Guang sang laut und auf Chinesisch *Die Jadefrau lässt den Becher kreisen.* Er war also nicht nur betrunken. Wieder hatten sie ihn bespuckt, geschlagen, getreten. Gerlind legte den Kopf auf die Quittungen, die ihren Schreibtisch bedeckten. Sie weinte. Der Wind wimmerte nur noch. Guang stolperte die Treppe hoch. Er schlug hin und fluchte.

Gerlind griff nach einer Zigarette. Dieses Elend musste ein Ende haben. *Die Jadefrau lässt den Becher kreisen,* brüllte Guang. Der Wind war eingeschlafen. Gerlind fuhr den Computer herunter. An Arbeit war nicht mehr zu denken.

Manche ihrer Kommilitonen hatten über Otterndorf die Nase gerümpft, aber Gerlind liebte ihre Heimatstadt und hatte sie vor zwölf Jahren nur ungern verlassen. Mochten andere Otterndorf für Provinz halten, sie fällten ein Urteil, ohne es zu kennen. Es war das Meer, das den Ort prägte. Und die See war es auch, die Gerlind hatte zurückkehren lassen, das Watt, das endlos flache Land und der hohe, endlose Himmel.

Als sie nach Hamburg gezogen war, um diplomierte Kauffrau zu werden, war ihr das bereits als ein Schritt in die weite Welt erschienen. Niemals hätte sie für möglich gehalten, dass es sie nach Shanghai verschlagen könnte, in diesen Moloch mit seinem Treibhausklima, seinem Gestank, dem Lärm und den schlaflosen Nächten. Nur um einer Wette zu genügen, hatte sie sich um die Stelle einer Sachbearbeiterin bei der Deutsch-Chinesischen Handelskammer beworben und konnte es anfangs gar nicht glauben, dass man sie tatsächlich genommen hatte.

Sie hatte Guang in dem Viertel südlich der Metrostation Huangpi Nanlu kennen gelernt, mitten in der früheren französischen Konzession und gar nicht weit von dem Ort entfernt, an dem 1921 ein paar Verwegene die Gründung der kommunistischen Partei beschlossen hatten. Das Viertel hatte man zu einem Zoo für Besserverdienende und Ausländer umgestaltet, in dem es einen Italiener gab und ein französisches Bistro. Dort hatte Guang als Hilfskellner gejobbt. Gerlind hatte sich bei Lachssandwich und Mocca in die schmalen braunen Augen, die bläulich schimmernden schwarzen Haare und das verschmitzte Lächeln des jungen Mannes verliebt, der an der Jiaotong University Medizin studierte und nicht abgeneigt war, mit einer Ausländerin ins Bett zu gehen.

Gerlind erinnerte sich noch gut an den Abend, an dem sie zum ersten Mal mit Guang verabredet war. Nachdem sie im *Shen Shen* scharfe Sichuan-Gerichte genossen und sich mit Quingdao-Bier und auch ein paar Bankettschnäpsen die Kehlen ausgespült hatten, waren sie mit einem Taxi nach Pudong gefahren, wo Gerlind ein Appartement ihr eigen nannte. Dort hatte sie einen Whisky kredenzt, dann war Guang über sie hergefallen. Von chinesischer Zurückhaltung war nichts mehr zu spüren. Guang hatte sie an sich gepresst, bis sie zu ersticken glaubte, er hatte ihre Stirn, ihre Nase, ihren Mund, ihr Kinn, ihren Hals nicht nur geküsst, er hatte sie gebissen, ihr die Kleider vom Leib gezerrt, sie auf das Bett geworfen. Er war so stürmisch, dass Gerlind beinahe das Bewusstsein verloren hätte – nicht vor Schmerz, sondern vor Lust.

In der Handelskammer hatte Gerlind nur mit Männern zu tun, die erwarteten, dass sie sich ihnen gegenüber durchsetzte. Sie hatte sich durchgesetzt und an Kraft gewonnen. Umso lieber war ihr ein überwältigender Kerl im Bett. Einen starken Mann wie Guang, der an der Uni Basketball spielte, wollte Gerlind bis ans Lebensende behalten. Ein halbes Jahr nach ihrer ersten Begegnung heirateten sie, zuerst mit einer buddhistischen Trauungszeremonie in einem Tempel, dann mit einer christlichen in der Xujiahui-Kathedrale. Gerlind hatte rot getragen.

Guang war stolz gewesen auf seine deutsche Ehefrau, und alle Verwandte, alle Freunde hatten ihn beneidet. Die Chinesen waren überzeugt, in Deutschland gäbe es nur reiche Leute und man werde insbesondere mit einem Restaurant über Nacht zum Millionär. Deshalb wollte er auch unbedingt nach Deutschland und ein chinesisches Restaurant eröffnen. Die Medizin hatte Guang an den Nagel gehängt. Gerlind hatte ihm zwar geraten, das Studium abzuschließen, aber er hatte nur noch die Rezepte seiner Mutter aufgeschrieben und Kochbücher auswendig gelernt.

Er hatte sein Restaurant bekommen, finanziert durch einen Kredit und die Einnahmen des Steuerbüros Gerlind Wang. Gerlind hatte die kleine Gaststätte am Kirchplatz wegen ihres Namens geliebt. Guang hatte sie Jadetor genannt: »Yu Men Gu An«. Zu Beginn gab es auch keinen Grund zur Klage. Guang machte Konzessionen an den europäischen Geschmack und wurde dafür mit guten Umsätzen belohnt. Er erwog sogar, ein weiteres Restaurant zu eröffnen. Doch dazu kam es nicht.

Gerlind verließ das Arbeitszimmer. Guang lag auf den Stufen, blutete aus einer Wunde am Kopf. Er sah furchtbar aus. Gerlind schwieg und stieg über ihn hinweg die Treppe hinab, um aus dem Medizinschrank im Bad ein Pflaster zu holen.

Eines Tages hatten sie am Tresen gestanden und

bald zerstörten sie alles: das »Yu Men Gu An«, Guang und auch Gerlinds Leben. Sie wohnten in Cuxhaven, stammten jedoch aus Albanien. Ihr Clan hatte seine Wurzeln irgendwo in den Bergen bei Shkodër, wo man nicht Lesen und Schreiben lernte, sondern das Gesetz der Blutrache. Alle männlichen Angehörigen der Familie wurden mit Eintritt der Pubertät Berufsverbrecher, und sie kassierten Schutzgeld im Hadelner Land. Sie handelten mit Rauschgift, Frauen und gestohlenen Autos, sie folterten und mordeten, sie waren eine Heimsuchung selbst für die Polizei: Es saßen immer etliche Clanmitglieder hinter Gitter, aber wenn man der Hydra ein Haupt abschlug, wuchsen zwei nach.

Manchmal kamen Kriminalbeamte aus Hannover an die See, um Leichen aufzusammeln oder ein illegales Bordell auszuheben. Von ihnen hatte Gerlind erfahren, dass man die Familie nicht abschieben könne: Die prominentesten Anwälte standen auf ihrer Gehaltsliste. Die Anwälte legten immer neue Beweise vor, dass die Familie Zymberi in Albanien politisch verfolgt werde. Niemand glaubte es, die Beweise waren fingiert, aber sie zeigten Wirkung.

Mit legalen Mitteln waren die Zymberi nicht zu bekämpfen. Gerlind hatte schon des öfteren daran gedacht, dass man diesen Clan ausrotten müsse, mit Stumpf und Stiel. Auch vor Frauen und Kindern durfte man nicht Halt machen, denn die Frauen dienten als Brutkästen für Verbrecher und die Kinder waren welche.

Gerlind schnitt ein breites Stück Pflaster von der Rolle und kehrte zu ihrem Mann zurück. Der stöhnte, als sie ihm die Stirn verklebte. Von seiner Stärke war nichts mehr zu spüren. Gerlind setzte sich neben ihn auf die Treppenstufen und streichelte seine Wangen.

Die Forderungen der Erpresser wurden immer unverschämter. Gerlind sah, wohin es führte, wenn Guang sich zur Wehr setzte: Dann wurde er geschlagen. Und irgendwann würden sie das »Yu Men Gu An« anzünden oder komplett verwüsten. Deshalb mussten sie sterben.

Adrian, Mitar und Thanor fuhren immer mit dem Sportwagen vor, denn das war ihr Stil: Gel im Haar, schwarze Lederjacken, rote Turnschuhe, falsche Rolex, vergoldete Halskette, *Benson & Hedges* natürlich und ein Piece sowie das BMW Cabrio in Silbermetallic mit roten Ledersitzen. Das gehörte zusammen, das waren sie. Und sie konnten es sich leisten, denn überall in der Gegend machten sie gute Geschäfte.

Adrian war mit seinen siebenundzwanzig Jahren der Älteste. Ihm ging es gerade nicht gut. Er war verheiratet gewesen, er hatte eine Tochter gehabt.

Vor zwei Wochen war ein Irrer in sein Haus eingestiegen und hatte der Frau und dem Kind die Kehle durchgeschnitten. Das hatte Adrian ziemlich mitgenommen. Er hatte schließlich auch Gefühle. Und er ließ sich nichts wegnehmen.

Die Jungs kamen auf Brautschau; es war zu früh, um den Pingpong abzuzocken. Die Saison hatte noch nicht begonnen, so dass Otterndorf vor allem von Leuten besucht wurde, deren Sarg schon gepresst war. Doch ein paar einsame Asthmatikerinnen fanden sich immer, und die waren sehr dankbar, wenn sich ein Südländer für sie interessierte.

Zuerst wollten Adrian, Mitar und Thanor diese Seelchen glücklich machen. Dann, am Abend, war der Pingpong fällig. Zweitausend Euro würde er löhnen müssen, oder sein Laden würde in Rauch aufgehen. Jetzt war Schluss mit lustig. Das Schlitzauge hatte beim letzten Mal die Bullen gerufen. Das verdoppelte den Preis.

Gerlind betrieb ihr Steuerbüro im Gewerbegebiet an der Cuxhavener Landstraße. Von dort aus konnte sie alle Fahrzeuge sehen, die von Cuxhaven kamen, aber sie hatte viel zu tun und konnte nicht die ganze Zeit aus dem Fenster starren. Das war auch nicht nötig. Inge Brink, die an der Landstraße einen gut gehenden Imbiss unterhielt, hatte ihr versprochen, sofort anzurufen, wenn die verhassten Schmalzlocken wieder angerast kamen. Auf Inge Brink konnte man sich verlassen. Gerlind schminkte sich. Drei Todeskandidaten hatten vor fünf Minuten das Ortsschild passiert.

Gerlind zog mit einem Vorteil in die Schlacht: Fast alle Otterndorfer kannten die Erpresser, aber die Erpresser hatten keine Ahnung, dass Gerlind die Gattin vom Inhaber des »Yu Men Gu An« war. Sie wusste, dass die drei Knaben, wenn sie zum Ende eines Monats in Otterndorf einfielen, immer ein paar Stunden hinterm Deich verbrachten. Sie hielten sich für unwiderstehlich und glaubten, jede Urlauberin müsse ihnen sofort verfallen, dabei wirkten sie bloß lächerlich mit ihrem Gangstergehabe und ihrer einstudierten Lässigkeit. Kein Otterndorfer wusste, ob sie jemals eine Eroberung gemacht hatten.

An diesem Tag würden sie eine machen. Gerlind stieg in ihren Wagen und folgte ihnen.

Die drei jungen Männer stellten ihr Cabrio auf dem Parkplatz bei der Medem-Schleuse ab und schlenderten zum Yachthafen. Es war noch früh am Nachmittag, und nur ein Rentnerehepaar auf Verdauungsspaziergang begegnete ihnen. Die Männer schauten sich nach den Pensionären um, krümmten ihre Rücken und taten, als ob sie am Stock gingen. Dann setzten sie ihren Weg an die Nordsee fort.

Gerlind blieb ihnen auf den Fersen. Sie fror ein wenig, denn sie trug nur einen kurzen Lederrock und Netzstrümpfe, und auch die Jacke war knapp bemessen. Ihren Kopf hielt eine blonde Perücke warm, die sie aufgesetzt hatte, weil sie als leicht zu vernaschendes Blondchen erscheinen wollte. Es klappte alles wie beabsichtigt: Diese Typen waren leichter zu berechnen als die Fläche eines Quadrats mit zwei Zentimeter Seitenlänge. Sie hatten sich auf eine Bank gesetzt, auf die Lehne, während sie mit den Turnschuhen die Sitzfläche verdreckten. Als Gerlind auf gleicher Höhe angelangt war, hatten sie gepfiffen, wie man einem Hund pfeift. Allerdings hatten sie nicht erwartet, dass Gerlind dreißig Sekunden später zwischen ihnen saß.

Das Alter bestimmte die Reihenfolge. Gerlind schlug dem Ältesten vor, es in ihrem Wagen zu machen. Das gefiel ihm. Im Auto jedoch unterbreitete sie einen besseren Vorschlag.

Vor einem Jahr hatten Gerlind und Guang begonnen, ein paar hundert Meter hinter Sommercamp und Jugendlager zu bauen. Eine kleine Ferienanlage sollte dort entstehen, ein Traum von Gerlind, die sich nicht vorstellen konnte, bis an ihren Lebensabend Steuerberaterin zu sein. Die Anlage war abgelegen und für Gäste vorgesehen, die Ruhe suchten. Zwei Appartements waren fertig gestellt und eingerichtet. Gerlind empfahl sie dem Widerling, der neben ihr auf dem Beifahrersitz saß, als ideales Liebesnest.

Als er sich auf sie legte, wandte sie das Gesicht ab, als er sie küsste, schloss sie die Augen. Er stammelte etwas, sie verstand es nicht, aber es klang nicht liebevoll. Schließlich presste er ihre Beine auseinander. Gerlind hatte Mühe, ihren Ekel hinunterzuwürgen.

Die Sache brauchte keine zehn Minuten. Nach dem Akt legte er sich zum Verschnaufen auf den Rücken. Das war Gerlinds Gelegenheit. Sie trieb ihm den langen Nagel durch das linke Auge ins Gehirn. Sie musste ein wenig mit dem Hammer nachhelfen, aber es blutete kaum, und er war sofort tot. Sie wusste nicht einmal seinen Namen.

Gerlind fuhr nach Hause, duschte gründlich und kleidete sich um. Bis zur Dämmerung arbeitete sie im Büro. Die letzten beiden Stunden war sie allein. Das Schwierigste stand ihr noch bevor. Kurz nach neun fuhr sie erneut auf den Bauplatz.

Sie brauchte lange, um den erstarrten Leichnam die Stiege hinab und zum Zementmischer zu schaffen. Noch komplizierter war, ihn in den Mischer zu stopfen. Gerlind geriet heftig ins Schwitzen. Aber schließlich schaffte sie es.

Auf der Rückfahrt musste Gerlind lachen. Sie stellte sich das Gesicht des Poliers vor, der jeden

Morgen um sieben die Baustelle betrat. Der Polier würde über seine Auftraggeberin den Kopf schütteln, wenn er sah, dass sie selbst Hand angelegt und sich für einen rosa Estrich entschieden hatte.

Mitar und Thanor hatten sich gestritten. Es war am Monatsende, in Otterndorf musste Kasse gemacht werden. Thanor hatte sich geweigert, zwei Tage nach dem Tod seines kleinen Bruders dem Pingpong auf die Pelle zu rücken. Mitar konnte ja verstehen, dass Thanor von der Rolle war. Erst verschwand Adrian, dann wurde der zwölfjährige Indrit erschlagen. Aber Geschäft war Geschäft. Die Familie lebte von den Einnahmen. Der Patriarch verlangte von allen, dass sie spurten. Artas Zymberi konnte weder Schwächlinge noch Schwachköpfe gebrauchen, und den größten Versagern ließ er etwas abschneiden.

Sie hielten sich immer noch für mächtig und wagten es, nur zu zweit in Otterndorf aufzukreuzen. Inge Brink meldete ihre Ankunft. Gerlind zog die Lippen nach. Dann fuhr sie los.

Die Jungs waren nicht mehr ganz so selbstsicher, wie es anfangs schien. Sie fuhren nicht an den Strand, sondern kehrten in ein Lokal ein, um sich Mut anzutrinken. Gerlind setzte sich zu ihnen.

Sie hatte damit gerechnet, dass die beiden ihr mit

Misstrauen begegnen würden. Um es zu zerstreuen, gab sie sich betont freimütig. Sie erklärte sich kurzerhand zur größten Galeristin Hamburgs, die sehr viel arbeiten müsse für ihre Millionen, also nehme sie sich jede letzte Woche eines Monats frei. Daher die überraschende Begegnung, über die sie sich sehr freue. Wie es denn ihrem lieben Bruder ginge? Oder dem Cousin?

Gerlind hatte sich an diesem Tag für rot entschieden, für ein rotes Kostüm und rote Pumps. Da es wärmer geworden war, trug sie nur einen Hauch von Strümpfen. Vorgefahren war sie mit einem roten Alpha Romeo Spider. Den Wagen hatte sie sich vom emeritierten Tierarzt Doktor Lessing geliehen, der dieses etliche Jahre alte Modell nur selten bewegte. Besonders rasant fuhr es nicht mehr, aber es trug ein Hamburger Kennzeichen. Wofür Gerlind den Spider benötigte, hatte Doktor Lessing nicht wissen wollen.

Weder Gerlinds Aufzug noch ihre Rede verfehlten ihre Wirkung. Auch der Wagen imponierte. Gerlind schlug dem nunmehr Ältesten eine kleine Spritztour vor. Den jüngeren Bruder könne man ja abholen, wenn man mit allem fertig sei. Sie blinzelte. Ihre Füße steckten bereits in Mitars Schritt. Seinen Namen kannte sie seit einer Viertelstunde.

»Er ist mein Cousin«, erklärte Mitar im Wagen.

»Ach«, entgegnete Gerlind. »Wie schön.«

Sie musste ihre ganze Überredungskunst einsetzen, damit Mitar sich vor ihr auf den Rücken legte. Langsam trat sie auf ihn zu. Sein Körper war muskulös und stark behaart. Dreiundzwanzig sei er, hatte er gesagt. Gerlind malte ihm mit leisen, sanften Worten aus, wie schön es sei für einen Mann, sich auch einmal fallen zu lassen. Den siebten Himmel versprach sie ihm.

Gegen die Stricke protestierte er. Als sie seine Brustwarzen küsste, wurde der Widerstand schwächer. Als ihre Finger auf seinem Bauch spielten, brach er zusammen. Mitar ließ sich ans Bettgestell binden.

Der Nagel und der Hammer lagen schon bereit.

In Bremen befand sich Thanor wieder in der Gewalt der Familie. Es war die Angst, die ihn fortgetrieben hatte. Adrian war verschwunden, Mitar war verschwunden, Thanors große Schwester, ihr Mann und ihre Kinder waren bei einem Autounfall umgekommen. Die Bremsen seien defekt gewesen, hatte die Polizei gesagt. Das konnte Thanor nicht glauben: Der Wagen war gerade von der Inspektion gekommen, aus einer Werkstatt in Otterndorf, die besonders preisgünstig arbeitete.

Die Familie Zymberi schickte sich an auszusterben. Thanor hatte Angst vorm Tod.

Seine Flucht währte keine vier Stunden. Nachdem man ihn eingefangen und nach Cuxhaven zurückgebracht hatte, ließ ihn der Patriarch mit Gartenschläuchen prügeln. Zuerst schrie Thanor, dann erstarben seine Schreie, und als er nur noch winselte, kam Artas Zymberi, hob ihn vom Boden auf, umarmte ihn und führte den Verletzten in jenen Raum, den er ganz für sich hatte. Sie sprachen bis in die Nacht. Allein mit dem Patriarchen sprechen zu dürfen, war eine Auszeichnung.

Am nächsten Morgen wurde Thanor noch einmal geschlagen, dann schien es, als sei er gestählt genug. Der Patriarch gab ihm Aidan, Idlir und Malaban mit. Die drei waren noch keine achtzehn. Thanor trug die Verantwortung. Zu viert sollten sie sich um den Pingpong kümmern.

Allerdings hatte der Patriarch noch Größeres mit Thanor vor. Die Jungen sollten ihm nur dazu dienen, seine Drohungen zu untermalen. Kassieren sollte Thanor ohne Hilfstruppen. Ganz allein musste er mit dem Schlitzauge fertig werden. Das war seine Bewährungsprobe.

Gerlind hatte die Fensterflügel geöffnet, um den Rauch hinaus- und den Sommer einzulassen. Wenn die Sonne schien, wurde das Land noch weiter, wurde der Himmel noch endloser. Im Sommer war Otterndorf der Nabel der Welt, und das Hadelner

Land reichte in allen Himmelsrichtungen über den Horizont.

Sie wandte sich wieder dem Schreibtisch zu. Bäckermeister Mellenthin brachte seine Belege immer in Schuhkartons. Drei standen auf der Tischplatte. Gerlind würde die Belege sortieren müssen: Die Guten ins Töpfchen, die Schlechten ins Kröpfchen. Dann erst konnte sie verbuchen.

Unten ging die Tür. Gerlind schaute zur Standuhr. Es war noch nicht halb elf, aber Guang hatte trotz der Saison das »Yu Men Gu An« schon geschlossen. Er sang auch wieder *Die Jadefrau lässt den Becher kreisen*.

In der Küche polterte es. Gerlind stieg die Treppe hinunter. Guang hockte am Küchentisch, eine Flasche Maotai vor sich, chinesischer Schnaps für bessere Gelegenheiten. Vor Gerlind saß ein Fremder. Diese jämmerliche, gekrümmte Gestalt hatte nichts mehr mit dem aufrechten, mit dem großen und kräftigen Basketballer zu tun, der in Pudong über sie gekommen war wie ein Taifun. Übrig geblieben war nur ein Schwächling, ein jammernder Trinker. Gerlind schaute auf Guangs Hände und seufzte. Die Handrücken waren mit kreisförmigen Brandwunden bedeckt, wie sie glühende Zigaretten hinterlassen.

Guangs Widerstand war endgültig gebrochen. Deutschland hatte ihn reich machen sollen,

Deutschland hatte ihn zerstört. Er sehnte sich nach der Heimat.

Auch die Zymberis hatten ihre Heimat verlassen. Gerlind kannte ihre Beweggründe nicht. Sie wollte sie nicht wissen. In der Zeitung hatte sie von der Blutrache in den albanischen Bergen gelesen, von Familienehre und dem Recht des Stärkeren. Sie wusste, dass für die Zymberis nur diese Gesetze galten. Doch nach welchen Regeln die Blutrache vollzogen wurde, war Gerlind gleichgültig.

Sie machte ihre eigenen Regeln.

Er war noch sehr jung und zitterte, als Gerlind ihn die Stiege zu dem dritten Gästezimmer hinaufschob, das gerade fertig geworden war. Gerlind hatte erstmals annonciert, und es lagen bereits so viele Bestellungen für die Ferienanlage vor, dass sie im August eröffnen konnte. Da sie bald eine Pension leiten würde, hatte sie einen Teilhaber in die Steuerfirma geholt. Sie war froh, den Belegen, dem Einkommensteuergesetz und den Doppelbesteuerungsabkommen zur Hälfte entronnen zu sein.

Thanor war sein Name. Gerlind schloss die Tür auf. Er zitterte noch immer. Gerlind betrachtete ihn. Er setzte sich auf das Bett, als sie ihn dazu aufforderte, und wich ihrem Blick aus.Verlegen war er, der Junge. Gerlind stellte es ebenso gerührt wie belustigt fest. Neunzehn sei er, hatte er gesagt. Da saß nur ein junger Mann, der die Pubertät gerade hinter sich hatte, wenn überhaupt. Den seine südländische Herkunft und seine Jugend schön machten und begehrenswert. Der sterben musste.

Gerlind mischte einen Drink, der ihn scharf machen sollte. Es war nichts Besonderes, bloß eine Bloody Mary mit Ei, Tabasco, viel Pfeffer und einem dreifachen Wodka. Sie selbst nahm nur Tomatensaft. Äußerlich war den Getränken der Unterschied nicht anzumerken. Gerlind reichte dem Jungen das für ihn bestimmte Glas. Vermutlich würde sie den langen Nagel erneut zum Einsatz bringen, ihn um der Abwechslung willen jedoch durch ein Ohr treiben. Sie setzte sich neben Thanor und strich ihm über das Haar. Bei diesem unbeholfenen Knaben würde sie die Initiative ergreifen und den ersten Schritt tun müssen.

Thanor wandte sich ihr zu. Er stellte das Glas auf den Nachtschrank und begann, ihr die Bluse aufzuknöpfen. Seine Bewegungen waren fahrig, sein Gesicht gerötet, Schweiß perlte von seiner Nase. Er war aufgeregt wie ein Anfänger.

Er ist ein Anfänger, schoss es Gerlind durch den Kopf. Sie war seine erste Frau. Gerlind senkte den Blick. Ihr war plötzlich zum Heulen zumute. Schließlich ergriff sie Thanors Hände und begann, sie zu führen.

Zuerst legte sie die Hände auf ihre Brüste. Das tat sie nicht, weil dies ihre empfindsamste Stelle war, sondern weil sie erwartete, dass es einen Mann erregte. Thanor berührte sie denn auch gehorsam, wirkte aber abwesend und desinteressiert. Gerlind bemerkte, dass er, während seine Fingerkuppen unsicher über die Haut fuhren, auf ihre Schuhe starrte.

»Magst du Füße?«, fragte sie leise. »Zarte Frauenfüße mit hohem Spann?«

Thanor stöhnte bloß. Gerlind streifte die Schuhe ab. Der Junge sank auf alle Viere, schnüffelte an der großen Zehe ihres linkes Fußes, dann leckte er ihn. Gerlind ließ sich fallen und schloss die Augen. Thanor biss zu. Gerlind schrie.

Lange, sehr lange beschäftigte sich Thanor mit Gerlinds Füßen. Er leckte die Zehen, er streichelte den Rist, er schlug seine Zähne in die Sohlen, was wehtat, aber auch ausgesprochen erregend war, er kitzelte, schnüffelte, streichelte, biss und biss. Gerlind, von sich selbst überrascht, hatte nur einen Wunsch: Dass er ihre Füße essen möge.

Thanor wurde immer selbstbewusster, fordernder und wilder. Er kniff sie, schlug sie, biss alles, was gebissen werden konnte. Nur für ein paar Sekunden erinnerte sich Gerlind an die erste Begegnung mit Guang, aber Guang war ihr gleichgültig, sie war jetzt bei Thanor. Der biss sich die Lippen blutig. Sanft und zärtlich vermochte er nicht zu sein.

Der Aufprall kam jäh. Thanor riss die Augen auf, dann ließ er sich auf Gerlind fallen. Ganz zerbissen war sie, als sie ihn von sich warf. Zerbissen, aufgewühlt, verwirrt – und verliebt.

Zur großen Verwunderung seiner Familie fuhr Thanor jetzt öfter nach Otterndorf. Er nahm nicht das Cabrio, er nahm die Eisenbahn. Zu Fuß durchquerte er die Stadt. Gerlind erwartete ihn auf der Baustelle. Sobald sie ihn kommen sah, streifte sie die Schuhe ab.

Dass Thanor auch einmal im Monat mit der Zuhälterschleuder vorfuhr, gehörte zu seinen familiären Pflichten, zu deren Erfüllung er gezwungen wurde. Gerlind hatte die Striemen auf seiner Haut gesehen. Selbst seine Wunden liebte sie.

Guangs Untergang nötigte ihr noch einige Zeit ein Stirnrunzeln ab. Mitleid hatte sie nicht mehr. Er sang fast jeden Tag *Die Jadefrau lässt den Becher kreisen.* Gerlind verachtete ihn wegen seiner Schwäche.

Sie war häufiger auf der Baustelle als im Steuerbüro anzutreffen. Die Ferienanlage ging ihrer Vollendung entgegen. Gerlind fuhr Guang hinaus, um sie ihm zu zeigen.

Er war begeistert. Gerlind zog ihn in eines der Gästezimmer und bat ihn, endlich wieder mit ihr zu schlafen. Guang konnte nicht. Der Alkohol hatte ihn längst impotent gemacht. Und er stank. Er stank nach Schweiß, nach Schnaps, nach Angst.

Guang lag auf dem Bett, leerte eine kleine Flasche Fusel und rieb sein Geschlecht, damit es sich endlich aufrichte. Schon das war ekelhaft. Noch widerlicher aber waren seine Füße. Die Zehen waren schief und krumm. Das Geschlecht regte sich nicht.

Gerlind fackelte nicht. Da sie Guang einmal geliebt hatte, wurde ihm allerdings eine privilegierte Behandlung zuteil. Er bekam den Nagel durch ein Ohr getrieben.

Mit der Leiche musste sich Gerlind nicht befassen. Sie rief Thanor, und Thanor kam sofort. Er schaffte den Toten in den Mischer. Gerlind schaute ihm zu. Sie hatte darauf bestanden, dass er Shorts trug und barfuß war. Seine Füße waren makellos. Und er sah aus wie ein beim Fußballspiel ins Schwitzen geratener Junge.

Guangs letzter Einsatz war in höchstem Maße ehrenvoll: Er wurde Estrich für das Speisezimmer.

Ende August öffnete die Ferienanlage Jadetor ihre Pforten und Zimmer. Die Festung Jadetor war der westlichste Vorposten des Tang-Reiches gewesen, die Ferienanlage war der westlichste Vorposten Otterndorfs. Im Oktober wurde aus Gerlind Wang eine Zymberi. In Shanghai hatte sie gelernt, sich gegen Männer durchzusetzen. Längst war sie die Lieblingsschwiegertocher des Patriarchen, der sich ihren Entschlüssen beugte. Gerlind verwaltete die Einnahmen. Das »Yu Men Gu An« von Otterndorf stand leer und zum Verkauf.

Dirty Pool

von Thomas S. Roche

»Hörst du mir überhaupt zu?« Frenchy Carver gab mir eine auf den Kopf, ein nur mäßig erfolgreicher Versuch, mich von der Blonden abzulenken, die mich gerade angelächelt und zum glücklichsten Mann der Welt gemacht hatte. So schnell geht das bei einem einfach gestrickten Kerl wie mir.

Ich packte ihn am Handgelenk. »Pass auf, Frenchy, und komm mir und der zukünftigen Ex-Gattin von Mike Brewster nicht in die Quere.«

Josies Kneipe war zum Brechen voll mit Aufschneidern, echten Spielern und lärmenden Billard-Fans, die sich in freudiger Erwartung des großen Gewinns beim morgigen Turnier heftig einen hinter die Binde kippten.

»Lass dich heute Nacht nicht auf irgendwelche Bettgeschichten ein, Kumpel. Du musst morgen früh in der Amateur-Sparte gewinnen.« Er machte sein Handgelenk los und steckte sich meine kubanische Zigarre mit seinem Zippo an.

»Ich habe ja nur gerne was Hübsches im Blick«, sagte ich und starrte weiter zu der Blonden hinüber.

»Dann reiß dich zusammen, Brewski. Ich und Johnny Bourbon und Joey Donato haben jeder zwanzig Riesen auf dich gesetzt.« Er wandte sich zu Johnny Bourbon, der zufällig gerade an uns vorbeiging. »He, Johnny, wie heißt der Kerl noch mal, gegen den Brewski morgen spielt?«

»Blackie Snyder«, sagte Johnny Bourbon und blieb stehen. Er musste sich herunterbeugen, um mir auf den Rücken zu klopfen. »Die schwarze Tunte, die unser Brewster hier morgen total fertig machen wird, heißt Blackie Snyder.«

»Er ist schwarz?«

»Klar ist er schwarz. Heißt nicht umsonst Blackie.«

»Und woher weißt du, dass er 'ne Schwuchtel ist?«

»Na, er kommt aus Frisco, oder?«, sagte Johnny. »Mann, Mike, liest du eigentlich nie die verdammte Zeitung?«

Ich zuckte mit den Achseln.

»Hör mal, das ist echt kein Kinderkram«, sagte Frenchy. »Was glaubst du wohl, warum ich dich drüben im Sands untergebracht habe? Teddy SouthSide hat sich für diesen Neger ziemlich stark gemacht und Big Johnny Frisco genau so. Diese Arschlöcher von der Westküste drehen vielleicht noch was.«

»Ach, darum hast du mich ausgestattet wie eine Ein-Mann-Armee, Klugscheißer.« Frenchy hatte mir zwei Revolver gegeben – eine kompakte Glock nine, die ich mit Klebeband unter dem

Armaturenbrett befestigt hatte, und einen kleinen Colt .380 für den Billard-Koffer.

»Du wirst mir noch verdammt dankbar sein, wenn einer irgend ’ne Nummer abzieht. Aber ich trau dir nicht mit ’ner Pistole, Brewski – ich hab dich im Schießstand beobachtet.«

»Ich schieße besser mit dem Queue als mit ’ner Knarre.«

»Deshalb hab ich dir ja Sam und Dave an die Seite gegeben.«

»Das ist doch totale Scheiße. Es ist unnötig.«

»Sechzig Riesen, Arschloch. So viel bist du uns wert.«

»Dann sag deinen beiden Spannern, dass sie ein bisschen Abstand halten sollen.«

»Ich sag’s ihnen«, meinte Frenchy. »Du willst doch nicht wirklich diese Blondine flachlegen, du verdammter Aufreißer?«

»Und ob, selbst wenn es das Letzte ist, was ich mache.«

Ich schaute wieder zu der Blonden hinüber. Sie schlug gerade die Beine übereinander, wobei sie mir einen kurzen Blick auf die ganze Pracht ihrer langen Beine gestattete.

»Du versuchst nicht, Sam und Dave abzuhängen?«

»Ich häng sie schon nicht ab.« Ich war schon wieder ganz bei der Blonden, die sich ein wenig nach vorn lehnte, so dass ihr eh schon sehr knappes Kleid über ihrem Rücken spannte.

»Versprich mir«, brummte Frenchy, »dass du sie in Ruhe ihren Job machen lässt, für den Fall, dass was aus dem Ruder läuft. Mal ernsthaft, Brewski.«

»Ja, ja, klar, ich versprech's.« Ich leerte meinen Scotch. Frenchy wusste genau, dass ich besser spielte, wenn ich nur etwa zwei Stunden Schlaf in der Nacht vor dem Match gehabt und intime Bekanntschaft mit einem süßen jungen Ding geschlossen hatte.

Ich sah, wie die Blonde sich zu Josie, dem Barkeeper, beugte und dann von ihrem Hocker glitt. Sie kam auf mich zu.

»Du kriegst anscheinend gleich Gesellschaft«, sagte Frenchy und verschwand mit Johnny in der Menge.

So von nahem sah die Blonde noch spektakulärer aus.

»Hallo«, sagte sie – ziemlich sexy, aber mit einer Spur von Schüchternheit. »Sie sind dieser Billard-Typ, stimmt's?«

Ich musste lachen. »Ich habe mir ja schon viel anhören müssen, und das meiste davon würde ich nicht in Gegenwart einer Dame wiederholen. Aber ›dieser Billard-Typ‹ hat glücklicherweise noch nie jemand zu mir gesagt. Mike Brewster, zu Ihren Diensten.«

»Dann sind Sie es wirklich! Ich bin ein großer Fan von Ihnen«, sagte sie schnell. »In der Presse hört man so einiges über Sie. Sie sind ziemlich bekannt – Sie sind ein absolut genialer Billardspieler.«

»So hat das auch noch niemand ausgedrückt«, sagte ich. »Setzen Sie sich doch.« Ich bot ihr einen Platz an.

»Ach, lieber nicht – ich meine, darf ich? Ich habe gesehen, dass Sie gerade mit Ihren Freunden geredet haben … ich hab sie doch hoffentlich nicht verscheucht?«

»Natürlich nicht«, sagte ich. »Setzen Sie sich. Und Sie sind …?«, fragte ich und zog die Augenbrauen hoch.

»Ach, mein Gott«, sagte sie. »Ich bin so unhöflich! Tut mir Leid. Ich heiße Ginny Mott. Ich komme aus Florida, aber jetzt bin ich hier im Urlaub. Ich hätte nie gedacht, dass ich Sie einmal persönlich kennen lerne! Aber jetzt passiert es. Ich würde mich gerne noch ein bisschen mit Ihnen unterhalten.« Sie hörte sich ziemlich nervös an.

Ich nickte mit einem Lächeln.

Sie war nicht mehr zu bremsen. »Wissen Sie, ich spiele auch Billard. Ich bin in der Stadt, um mir das Turnier morgen anzuschauen – ich finde es klasse, wenn man mal richtig gute Spieler sehen kann!« Das Mädchen strotzte geradezu vor Enthusiasmus.

»Könnten Sie mir nicht ein paar Tipps geben? Ich spiele schon, seit ich klein bin, und ... also, ich sag das nicht gerne laut, aber ich bin wirklich richtig gut.«

»Bescheidenheit ist offensichtlich Ihre Stärke«, zog ich sie auf, und sie wurde rot. »Was möchten Sie denn wissen?«

»Also ... ich hab nur ... ich hab mich gefragt, woran ich merke, ob ich gut genug für eine Profi-Karriere bin.« Sie beugte sich in diesem Moment zu mir, und ich konnte ihr Parfüm riechen – irgendetwas Teures.

»Da verwechseln Sie was. Ich bin kein Profi-Spieler«, sagte ich.

Ginny wurde wieder rot – nur ein bisschen diesmal. »Ach, das weiß ich schon, also, ich meine, jeder weiß doch warum.«

»Und warum?«

»Na, weil Sie so mehr Geld verdienen ... Sie wissen schon, Prozente. Ist doch bekannt, dass alle auf Sie setzen, weil ...«

Sie hielt inne, errötete noch mehr und schaute zu Boden.

»Ich rede zu viel«, sagte sie. »Ich wollte nicht unhöflich sein, Mr. Brewster –«

»Nennen Sie mich Mike.« Ich lehnte mich zurück und zog an der Zigarre. »Ich bin nicht beleidigt. Wo spielen Sie?«, fragte ich sie.

»Mein Vater hat eine Gaststätte. Dort gibt es einen Billardtisch – im Hinterzimmer.«

Ich lachte leise. »Es bringt natürlich nichts, wenn ich Ihnen sage, dass Billard kein Spiel für eine anständige Frau ist.«

Ginnys Gesicht bekam einen spitzbübischen Ausdruck, und sie lächelte.

»Ich mache Ihnen einen Vorschlag«, sagte ich. »Was halten Sie von einem kleinen Mini-Turnier zwischen, sagen wir mal, Ihnen und mir?«

»Mein Gott, ist das Ihr Ernst?!« Sie lachte. »Ich könnte doch nie – ich meine, ich würde ja sicher verlieren, stimmt's?«

Ich zuckte mit den Schultern.

»Also, Mr. Brewster, ich fände das klasse! Ich gegen Mike Brewster! Würden Sie sich wirklich auf so etwas einlassen?«

»Aber ja doch«, erwiderte ich und linste heimlich auf ihre Oberschenkel. »Da ist nur eine Sache. Ich spiele nie ohne einen Mindesteinsatz.«

»Mindesteinsatz?« Ginny sah aus, als bekäme sie Zweifel.

»Es ist nicht viel. Fünf Lappen.« Als sie mich verständnislos anschaute, erklärte ich: »Fünfhundert Dollar.«

»Aber … ich hab ja kaum das Geld für den Flug hierher zusammengekriegt!«

Ich lachte in mich hinein. »Na, weil Sie noch ein

Anfänger sind, würde ich mich auch auf ein anderes Arrangement einlassen.«

»Wirklich? Das würden Sie tun?«

»Sie müssen Ihr Geld nicht für ein Billard-Match aufs Spiel setzen. Wir finden schon etwas, von dem Sie sich ein wenig … leichter trennen. Für den Fall, dass Sie verlieren, besitzen Sie meiner Meinung nach auf jeden Fall etwas, das fünfhundert Dollar wert ist.«

Ich nahm die fünf Scheine heraus, die ich früher am Abend von Dakota Joe gewonnen hatte, und hielt sie hoch, während Ginny mir wie gebannt zusah.

»Es ist mir eine Freude, mein Geld zu setzen gegen Ihr … Kapital.«

Ginny starrte mich mit aufgerissenen Augen an, ihr Mund stand offen, ihr Gesichtsausdruck wirkte schockiert und empört. »Sie können nicht …« setzte sie an, dann blieb ihr die Stimme weg. Nach einer Minute kriegte sie ein Krächzen zustande. »Sie meinen, wenn ich gegen Sie verliere, dann muss ich …«

»Wenn dieses hübsche Gesicht keine fünfhundert Dollar wert ist, Süße, dann weiß ich auch nicht.«

Ich sah, wie ein Zittern durch ihren Körper lief, als sie zu Boden blickte und so tat, als wäre sie nervös und das Ganze ihr peinlich. Aber es machte ihr

Spaß, auch wenn sie hier ziemlich glaubhaft das vermeintlich brave Mädchen zum Besten gab.

So wie ich es sah, ging es hier nicht um eine Wette. Im Gegenteil, es war ein Weg, um direkt zur Sache zu kommen – ein Weg für Ginny, mit mir ins Bett zu steigen, ohne dass wir die nächsten paar Stunden mit dem Wird-sie-oder-wird-sie-nicht-schwach-Spielchen zubringen mussten.

Ginny schaute dieses Mal ziemlich lange zu Boden, als ob sie ihre Gedanke sammeln müsste.

»Sie meinen, wenn ich verliere, dann muss ich mit Ihnen schlafen«, sagte sie nervös und ohne hochzuschauen.

»Genau«, erwiderte ich.

»W … w … wie oft?«

»Nur ein Mal«, sagte ich.

»Müsste ich irgendetwas … Unanständiges … machen?«

Ich lachte. »Das liegt ganz bei Ihnen.«

Sie schaute wieder nach unten und blickte erst nach zehn, zwanzig, vielleicht dreißig Sekunden wieder hoch. Mit diesem dunklen, spitzbübischen Grinsen im Gesicht.

»In Ordnung«, sagte sie. »Spielen wir.«

Ich gab mein Geld bei Bad Check Sammy in Verwahrung und dabei musste ich ihm natürlich sagen, was der Einsatz war. Dieser Hurensohn hat das lauteste Mundwerk, das man sich vorstellen kann. Bald quetschte sich die gesamte Kneipe ins Billardzimmer, die Leute standen auf den Tischen und drückten sich in Vierer- und Fünferreihen an die Wand.

Als Ginny sich zum Anstoß vorlehnte, rutschte ihr Kleid ein wenig nach oben, und die Menge johlte und klatschte Beifall. Ginny wurde rot und schaute sich um. Dann lächelte sie, offensichtlich genoss sie die Aufmerksamkeit.

Sie blieb extrem lange so stehen, und mit jeder Sekunde steigerte sich die Spannung, bis man das Gefühl hatte, die Menge würde gleich explodieren.

Der Anstoß knallte wie ein Pistolenschuss. Die Kugeln spritzten in alle Richtungen.

Zwei Kugeln verschwanden in den Löchern, beides Volle. Ich verschluckte mich fast an meiner Zunge.

Mir war der Schweiß ausgebrochen, als Ginny zum dritten Stoß ansetzte. Sie hatte mit dem zweiten eine dritte Volle versenkt – die Vier –, und jetzt hatte sie eine ganz passable Möglichkeit auf die Sieben. Aber die Kugel lag nicht ideal. Ginny zog ein Bein hoch auf den Tisch – die Bewegung war streng genommen nicht nötig, aber die Menge war zufrieden, und ihr Gegner wurde dadurch mehr abgelenkt als durch alles, was sie mit dem Queue hätte anstellen können. Sie trug rote Unterwäsche, und viel Stoff war nicht daran.

Ihr dritter Stoß ging daneben.

Mein erstes Ziel war die Zehn, ein leichter Stoß in die Ecke. Dann die Zwölf in ein Mittelloch, und die Elf und die Dreizehn wieder in das Loch unten links. Ich hatte praktisch zwei Drittel aller Halben versenkt, als meine Gedanken weg vom Tisch zur Form von Ginnys Po unter dem Kleid wanderten.

Ich hätte die Kugel nur durch einen unmöglichen Stoß über Bande treffen können, aber es wurmte mich trotzdem mächtig, dass ich es nicht geschafft hatte. Ich hätte sie später versenken können.

»Himmel«, quiekte Ginny, die wirklich beeindruckt schien. »Sie sind so gut! Ich habe Sie nie spielen sehen! Sie sind viel besser, als ich dachte!«

»Das geht nicht nur Ihnen so«, sagte ich eisig. Ich warf ihr einen misstrauischen Blick zu.

Sie kicherte. »Meinen Sie wirklich, dass ich richtig gut bin?«

Ich nahm es zurück. »Ich verarsche nur gern meine Konkurrenz«, sagte ich. »Entschuldigen Sie die Ausdrucksweise.«

In Wirklichkeit war sie besser, als ich gedacht hatte – sie war echt verdammt gut. Das machte mich mehr als nur ein bisschen nervös. Ich hatte in den letzten zehn Jahren immer ungefähr ein Spiel pro Jahr verloren, und auf keinen Fall durfte mir das dieses Jahr mit einer aufgebrezelten kleinen Studentin in wackligen Stilettos passieren.

Für Ginny lagen die Kugeln total mies, sie konnte nur von einer Ecke in die gegenüberliegende stoßen, wobei sie auf der anderen Seite auch noch über Bande spielen musste, damit sie nicht die Acht traf. Sie konzentrierte sich wahnsinnig lange, bevor sie den Stoß ausführte. So wie sie ihre Stirn in Falten legte und auf ihrer Unterlippe herumbiss, sah es aus, als würde sie im Kopf alles genau berechnen.

Dann beugte sie sich langsam vor, wobei sie sich sehr tief und breitbeinig hinstellte. Das Kleid rutschte hoch über den Spitzenbesatz ihrer schwarzseidenen Nylons und offenbarte die reizenden Formen ihrer weichen weißen Schenkel. Mir schwirrte der Kopf, als ich einen Blick auf diese prächtigen Arschbacken unter dem engen Kleid in dem kaum vorhandenen roten Seidenslip erhaschte.

Sie führte den Stoß durch. Und den nächsten. Und den nächsten – jeder Stoß bot Ginny eine weitere Gelegenheit, ihr Kapital zur Schau zu stellen. Vor mir und den Zuschauern.

Endlich verfehlte sie ein Loch. Ich atmete erleichtert auf. Ich stand hier kurz vor einer verdammten Katastrophe. Ginny hatte noch genau zwei Volle auf dem Tisch und ich drei Halbe.

Sie konnte mich total fertig machen, wenn ich mit dem nächsten Stoß keinen Treffer landete.

Ich holte Luft und legte das Queue an, um die Fünfzehn mit einem einfachen Stoß zu versenken. Ginny positionierte sich ganz hinterhältig so, dass sie mir genau gegenüberstand. Sie saß mit der Pobacke halb auf einem Hocker und stellte das eine Bein hoch, wobei sie mir zeigte, was auf mich wartete, wenn ich sie besiegte. Ganz sicher hoffte sie, dass ich angesichts der Ablenkung Scheiße bauen würde. Dieses Mädchen sah nicht so aus, aber sie war ein ziemlich gerissenes Luder. Vielleicht war bei ihr doch noch nicht alles verloren.

Ich verpatzte den Stoß.

Sie hatte mich an den Eiern. Ginny musste nur noch zwei Kugeln versenken, und dann gehörte die Acht ihr.

Vielleicht war sie ja wirklich besser als ich. Aber vielleicht wollte ich Ginny auch einfach nur gewinnen lassen.

Also, hör mir mal für ’ne Minute zu. Ich habe diese Art von »Geld-gegen-Kapital«-Wetten schon mit einem Dutzend Mädchen durchgezogen, die entweder dumm oder scharf genug waren, um drauf reinzufallen. Bis jetzt hat es immer funktioniert. Und ich hatte *nie* ein schlechtes Gewissen dabei.

Frauen lassen sich auf so eine Wette nur dann ein, wenn sie eh schon heiß sind und von vornherein mit dir ins Bett wollen. Also spart man sich das ganze Gequatsche in der Art von »Hattest du ein Haustier, als du klein warst?«, auf das niemand, weder die Frau noch der Mann, Bock hat, wenn man sich eigentlich im Bett vergnügen könnte.

Aber egal, wie gut ein Mädchen mit dem Queue ist, ich hatte noch nie eine getroffen, die beim Billard eine wirklich ernsthafte Gegnerin für Mike Brewster gewesen wäre. Bis heute.

Die Sechs, die sich Ginny als Nächstes vorgenommen hatte, lag wirklich total beschissen – fast unmöglich. Niemand kriegte so einen Stoß ins Loch, mit Ausnahme eventuell von mir und unter Umständen Clint Boston. Und wahrscheinlich Killarney Sean, der verrückteste, versoffenste Ire, den ich je getroffen habe, aber ein absoluter Killer, was Billard betraf. Sean saß gerade wegen Zigarettenschmuggels. Dieser Ire konnte eine Flasche Whisky leeren und versenkte die unmöglichsten Kugeln trotzdem noch so sicher, dass Minnesota Fats in die Knie ging und weinte. Sean ist der Einzige, der mich mal geschlagen hat, als wir beide nicht mehr ganz nüchtern waren. Und ich bezweifelte, ob er diese Kugel ins Loch gekriegt hätte.

Aber Ginny schaffte es.

»Ich hab's geschafft! Ich hab's geschafft!«, kreischte sie. Vor lauter Freude hüpfte sie auf der Stelle, und in ihren üppigen Busen kam Bewegung. Sie rannte zu mir und umarmte mich, und durch das Seidenhemd spürte ich ihre harten Nippel auf der Haut. »Ich glaube, Sie werden sich für heute Nacht ein anderes Arrangement suchen müssen«, flüsterte sie und tanzte gleich wieder aus meinen Armen.

Die Stimmung am Tisch war durchwachsen. Eine Menge der Jungs hatten bei dem Turnier morgen auf mich gesetzt, und sie verloren allmählich ihr Vertrauen, dachten vielleicht sogar daran, ob sie gegen mich wetten sollten. Aber sie hatten auch höllischen Spaß daran, wie Ginny mich einmachte. Zu oft hatten sie schon miterleben müssen, wie ich an diesem Billardtisch alle, sie eingeschlossen, an die Wand spielte. Sie waren wahnsinnig nett zu ihr, und ein paar Typen steckten ihr sogar Zwanziger in den Ausschnitt, wofür sie einen kleinen Klaps auf die Finger kriegten. Das Luder liebte es, im Zentrum der Aufmerksamkeit zu stehen. Sie kicherte und sprang hinüber zu ihrer Freundin Lucy, die einen Margarita für sie in der Hand hielt.

Josie macht die grässlichsten Margaritas der Welt. Immerhin ein kleiner Trost für mich.

Ginny nahm die letzte Volle auf dem Tisch ins Visier. Wenn sie diese Kugel versenkte, dann drehte es sich nur noch um die gottverdammte Acht.

Also, ich habe ja schon mal gesagt, sie hätte sich nicht darauf eingelassen, wenn sie es nicht von vornherein gewollt hätte. Es würde ja auch nicht gerade die reinste Folter für sie werden, wenn sie verlor. Verdammt. Viele Mädchen … ach, Scheiße. Ich würde gegen dieses bescheuerte Gör verlieren und für alle Zeiten zum Gespött der Klugscheißer und Abhänger werden. Noch in zehn Jahren würde es heißen: »He, Mike, hast du Lust auf 'ne Partie Billard? Ich hab da gerade ein paar Mädchen aus der Katholiken-Schule vorbeilaufen sehen …«

So umwerfend wie jetzt, als sie zum Stoß ansetzte, hatte Ginny den ganzen Abend nicht ausgesehen – vielleicht, weil ich jetzt wusste, dass ich sie nicht kriegen würde. Ich überlegte, ob ich meinen Schwanz rausholen und mit ihm rumwedeln sollte, so wie sie mit diesen Schenkeln und ihrem Hintern vor mir herwackelte – aber ich hatte das Gefühl, es würde bestenfalls ein ziemlich entwürdigendes Schauspiel abgeben.

Stattdessen betete ich.

Gott, dachte ich, *lass sie nur ein Mal Scheiße bauen, Gott. Gib mir nur einen Stoß, und ich erledige den Rest. Nur ein Stoß, Herr, dann lüg ich nie wieder eine keusche 21-Jährige an, um sie ins Bett zu kriegen, das verspreche ich dir. Ich schwöre, ich werde ein guter Junge sein und in die Kirche gehen und ab jetzt sonntags nie mehr vögeln. Ich schwöre es, verdammt noch mal.*

Sie lehnte sich vor, schob ein Bein auf den Tisch, den Körper in diesem straffsitzenden Kleid angespannt und konzentriert. Ginny schaute zu mir hoch, lächelte und zwinkerte mir zu.

Ich ließ sie auflaufen, und sie lachte, als sei ich der dämlichste Idiot auf der Welt, und es wäre ihr nicht mal richtig peinlich, mich hier vor meinen Freunden bloßzustellen.

Ich meine das wirklich ernst, Gott, verdammt ernst.

Sie traf daneben.

Ich beugte mich tief über den Tisch und setzte zu einem Stoß über Bande an.

Ginny trank bereits ihren dritten oder vierten Margarita; ich war immer noch bei meinem Scotch, an dem ich langsam und genüßlich nippte. Locker bleiben. Locker bleiben ist das A und O. Ginny saß auf Lucys Schoß, und Ugly Dave wurde fast zerquetscht unter ihnen beiden. Er verzog das Gesicht, sah aber trotzdem aus, als wäre er im siebten Himmel. Ginny hatte die Beine gespreizt und zeigte mir praktisch ihre Möse, während ich versuchte, mich auf den nächsten Stoß zu konzentrieren.

Du kriegst das nie in echt zu sehen, dachte ich. *Du wirst diese Frau nie vögeln, wenn du nicht endlich anfängst, richtig Billard zu spielen.*

Dann klappte alles wie am Schnürchen. Ich versenkte die Neun und die Vierzehn mit links – kein Problem. Dann brachte ich die Fünfzehn mit einem Stoß über Bande in das Mittelloch, ein sehr schwieriger Stoß, beim dem ich aufpassen musste, dass ich die Acht nicht berührte, die nur darauf wartete, dass ihr meine Kugel zu nahe kam. Ginny starrte ins Leere, als hätte sie gerade ein Wunder erlebt. Dann machte sie ein langes Gesicht und runzelte die Stirn. Sie kicherte nicht mehr. Und sie nippte nicht mehr an ihrem Margarita, sie stürzte ihn förmlich hinunter.

Jetzt ging es nur noch um mich und die Acht. Und ob ich meinen Schwanz in Ginnys knackigen süßen Arsch stecken würde. Ich hing über dem Tisch und schaute hoch zu Ginny, die mich mit unglaublich besorgter Miene anstarrte – so, als wäre das blanke Entsetzen über sie hereingebrochen. Als müsste sie sich gleich übergeben, weil sie wusste, dass ich sie erledigen würde und mit zu mir nehmen und ficken, wie sie noch nie gefickt worden war.

»Ach, komm schon«, grinste ich und zwinkerte ihr zu. »So furchtbar bin ich dann auch nicht, oder?«

Die Acht rollte locker ins Loch, und ich konnte mir ein Lachen nicht verkneifen. Anscheinend bin ich kein besonders guter Gewinner.

Wir nahmen meinen Impala. Ich schloss die Beifahrertür für sie auf, und Ginny setzte sich in den Wagen. Ihr Kleid lag eng an ihrem Körper. Bald würde ich genauso nahe an diesem Körper liegen. Ich stieg auf der Fahrerseite ein.

Ginny schaute hoch und lächelte mich nachdenklich an. »Ich dachte wirklich, dass ich Sie drankriege«, sagte sie. »Ich dachte, ich gewinne.«

»Da dachten wir beide dasselbe«, sagte ich. Es kam ein bisschen härter als beabsichtigt. Ich ließ den Wagen an, legte aber keinen Gang ein. Stattdessen griff ich einfach so unter das Armaturenbrett. Und brachte die Hand wieder hoch.

Ginny schnappte nach Luft, als sie die Knarre sah.

»Wer hat Sie beauftragt?«, fragte ich mit eisiger Stimme. Ginnys Blick war halb von ihren langen Wimpern verhangen, sie sah aus, als hätte sie Angst. Sie spitzte die Lippen, schaute zu der Waffe, dann zu mir.

»Ich weiß nicht, wie er heißt«, erwiderte sie. »Er hat mir tausend Dollar versprochen, wenn ich Sie beim Billard schlage. Er hat gesagt, morgen wäre ein wichtiges Spiel, und wenn Sie heute Abend gegen ein Mädchen verlieren, würden Sie auch morgen verlieren. Angeknackstes Selbstvertrauen oder so.«

Ich lachte. »Wer ist ›er‹?«

»Ich hab Ihnen schon alles gesagt«, sagte Ginny

ein bisschen zu schnell, »er hat mir seinen Namen nicht gesagt!«

»Beschreiben Sie ihn«, sagte ich.

Sie hob die Achseln. »Sehr klein, ziemlich fett. Dunkle Haare. Rötliche Haut.«

»Sie wissen doch, wie er heißt«, sagte ich zu ihr.

Sie nickte. »Okay. Er hat gesagt, er heißt Theo.«

»Teddy SouthSide.« Ich holte Luft. »Er nennt sich Theo, wenn er sich für ganz ausgefuchst hält.«

Sie zuckte mit den Schultern. »Schon möglich. Ich weiß es nicht.«

»Dieses verdammte Arschloch.« Ich überlegte. »Wo hat er Sie aufgetrieben?«

»Ich bin die College-Meisterin von Gainesville. Einer seiner Scouts hat mich entdeckt.«

»Also wollten Sie es mal über Ihrem Niveau versuchen«, sagte ich. Ich war nicht besonders nett. »Und Sie haben's vermasselt. Sie haben Ihren Körper gegen seinen Riesen und meine fünfhundert gesetzt. Und jetzt kriegen Sie gar nichts. Aber dafür kriege ich Sie.«

Sie zuckte wieder mit den Schultern. »Aber ich bin keine Betrügerin«, sagte sie. »Ich spiele nicht mit gezinkten Karten. Sie haben mich vollkommen korrekt geschlagen.«

Dann war sie ganz nah, ihr Mund auf meinem, ihre Zunge drängte sich zwischen meine Lippen, ihre festen Brüste drückten gegen meinen Körper.

Ich legte die Arme um sie, die Glock in der einen Hand und eine von Ginnys vollen Brüsten in der anderen. Die Glock lag locker in ihrem Nacken, das Gewicht beruhigte mich, während sie mich festhielt. Ihre Hände berührten mich überall, und ich spürte, wie ich auf sie reagierte, fühlte, wie mein Schwanz steif wurde. Ich atmete den süßen Moschusduft ihres Parfüms ein und stellte mir zum ersten Mal seit fünf Minuten wieder vor, wie sehr ich das genießen würde …

Ich löste mich aus ihrer Umarmung, legte den Gang ein und preschte mit quietschenden Reifen davon.

Bei der Interstate-Kreuzung konnte ich Sam und Dave endlich abhängen. Es wäre einfach nur halb so gut, wenn zwei Klugscheißer durchs Fenster meinen Arsch anglotzten, während ich Ginny vögelte.

Ich brachte sie zum Rest-Tite Motel an der Interstate 95 und nahm ein Zimmer, das direkt zum Parkplatz ging. Wir gingen hinein, und ich schloss die Tür. Machte kein Licht an, aber ließ die Vorhänge einen Spalt offen, so dass das Mondlicht hereinflutete und ihren Körper beschien, während sie da stand und mich anschaute, als warte sie darauf, dass ich den ersten Schritt machte.

Aber dann drehte sie sich um, ging rückwärts auf

mich zu und zeigte mir ihre nackte Schulter wie eine Einladung.

Ich öffnete den Reißverschluss des roten Kleids, und sie ließ es mit einem Achselzucken zu Boden fallen – genau so, als ob ihr Körper schon den ganzen Abend das Kleid hatte loswerden wollen. Es schimmerte, als es an ihrem bleichen Körper hinunterglitt und sich um ihre Knöchel legte. Ihr roter Slip bestand hinten nur aus einem schmalen String – er verbarg nichts von diesem prächtigen breiten Hintern und den weichen Rundungen der Hüften, die von schwarzen Strumpfhaltern eingerahmt wurden. Ihre Taille war winzig; meine Fingerspitzen berührten sich, als ich sie mit beiden Händen umfasste. Ich zog sie zu mir heran. Dabei küsste ich ihren Nacken und schmeckte ihren salzigen Schweiß und hörte ihr Stöhnen, als meine Küsse sich ihrem Ohr näherten.

Ich fuhr mit den Fingern ihren Rücken hoch und löste schnell den Verschluss des BHs; ich umfasste ihre großen schweren Brüste und kniff sie in die Brustwarzen, als Ginny sich umdrehte, damit sie mich küssen konnte. Und sie küsste hart, mit viel Biss, so wie es mir gefällt, sie rang Zunge gegen Zunge um die Oberhand, ihre glitzernden Zähne schnappten nach meiner Haut, als wäre sie auf Blut aus. Ich schaute ihr in die braunen Augen und sah wie sie blitzten – aus Lust oder Mutwillen? Dann spürte ich ihre Hand auf meinem Schwanz, sie streichelte mich durch den Stoff der Hose, und mir war alles egal. Sie löste den Gürtel. Ich zog freundlicherweise noch die Glock aus dem Hosenbund und verstaute sie in der Tasche meiner Sharkskin-Jacke.

Sie drehte sich um, und ich hielt sie umschlungen, und sie zog mich mit Macht aufs Bett.

Ginny war jeden verdammten Tropfen Schweiß wert, den ich vergossen hatte, jeden Moment des Schreckens, als ich dachte, ich würde das Spiel verlieren. Ihr Körper war weich und üppig, ihre Haut und Muskeln waren wunderbar geschmeidig. Und sie hatte mich im Griff, als vollführe sie chinesische Fingergymnastik. Sie ritt auf mir, ich ritt auf ihr, und sie zeigte mir, was sie mit ihrem frechen Mund alles machen konnte. Als wir endlich nebeneinander im Bett lagen, war ich vollkommen erschöpft. Meine Lider waren vor Übermüdung geschwollen, aber ich schlief nur mit einem Auge.

Denn selbst als ich ihren gleichmäßigen Atemgeräuschen neben mir lauschte und ihren nackten Körper an mich gepresst spürte, war mir irgendetwas nicht geheuer – und es war nicht der Tequilageruch aus ihrem Mund.

Ich horchte auf die Geräusche, die Ginny im Badezimmer machte. Dann hörte ich ein paar Geräusche, die nicht passten – Stoffrascheln, Reißverschluss. Ich setzte mich auf und suchte den Boden nach ihrem Kleid ab, aber ich sah es nirgends.

Sie kam aus dem Badezimmer und war schon aus der Tür, als ich endlich meine Jacke von der Stuhllehne und die Glock in der Hand hatte. Dann stürzte ich ihr nach, splitternackt im Wind erwischte ich Blackie Snyder an den Haaren und zerrte sie zurück aufs Bett, die Knarre an der Schläfe.

Ich brüllte so laut ich konnte. »Runter mit den Waffen, oder ich bring sie um! Ich schwör, ich lege sie um, verdammt.«

Ginny erstarrte, ich erstarrte, die Schatten in der Tür erstarrten. Ich konnte sie deutlich erkennen – es waren zwei. Trenchcoats, die Hüte tief in die Stirn gezogen, Remingtons im Arm.

Für ein paar Sekunden sah ich in ihre großen brauen Augen.

Dann sagte sie: »Mach schon und drück ab, du Arsch« und krallte mir in die Augen.

Ich wollte nicht schießen. Es passierte einfach so – als sie mich zerkratzte, löste sich der Schuss. Um mich herum spritzte überall Putz von den Wänden, und alles wurde leuchtend rot, als Ginny mir ihr Knie in die Eier rammte. Die Glock rutschte mir aus der Hand, und als ich nach ihr greifen wollte, hieb mir einer der Kerle den Kolben seiner Remington ins Gesicht.

Ich lachte mich halbtot. Ich lag auf dem Boden, das Blut aus meinem Mund sammelte sich in einer roten Pfütze unter mir. In meinem Nacken spürte ich einen Stiefel. Jemand machte das Licht an.

»Blackie Snyder«, lachte ich. »Der verdammte Blackie Snyder!«

»Normalweise färbe ich mir die Haare nicht blond«, sagte Ginny und steckte sich eine Zigarette an. Sie setzte sich in den Stuhl direkt vor mir. Unterwäsche trug sie immer noch keine, und zwischen ihren leicht geöffneten Beinen konnte ich die Möse sehen, die ich gerade gevögelt hatte – oder hatte sie mich gevögelt? Sie glitzerte noch von den Nachwirkungen unserer Leidenschaft. »Aber um bei der Wahrheit zu bleiben, den Spitznamen habe ich gekriegt, weil ich beim Billard die Acht so oft versenkt habe.«

»Das muss schon eine ganze Weile her sein, Süße.» Ich stöhnte, als ich die kalten Masse eines Gewehrlaufes an meinem Hinterkopf spürte.

»Ja, stimmt, ich war damals acht«, sagte sie. »Inzwischen hatte ich zehn Jahre Zeit zum Üben. Du hättest heute nur gegen mich verlieren müssen, und du wärst hier mit heilen Knochen rausgekommen.

Ich hätte dich morgen besiegt, und Big Johnny Frisco und Teddy SouthSide wären glücklich gewesen. Aber nein, du musstest ja allen beweisen, dass du der beste Amateur-Billardspieler im Land bist. Aber damit ist jetzt es vorbei.«

»Und so was nennst du ein korrektes Billardmatch«, sagte ich. »Das ist ein Scheißbetrug.«

»Es ist eben eine Scheißwelt«, erwiderte sie.

»Ohne dich wäre sie ein bisschen besser.«

»Willst du wissen, was mich am meisten ankotzt, Brewster?«

»Dass ich dich morgen total eingemacht hätte?«

Blackie Snyder lachte und schüttelte den Kopf. »Du spielst verdammt gut Billard. Tut mir wirklich Leid, dass ich das tun muss.« Dann nickte sie den beiden Kerlen zu, dass sie mich festhalten sollten. Ich fühlte, wie jemand mein Handgelenk packte, und versuchte, mich mit Gewalt loszureißen. Im nächsten Moment spürte ich einen harten Stiefeltritt in der Nierengegend und sah nur noch Sternchen.

Dann packte der eine Kerl meinen Daumen und bog ihn nach hinten.

Ich nahm mir fest vor, nicht zu schreien; dann hörte ich es schnappen, und ich schrie doch.

Durch den kalten Schmerz schaute ich hoch und sah, wie Blackie Snyder sich die Schuhe anzog. Sie beugte sich herunter und riss mich an den Haaren hoch, so dass ich ihr in das hübsche Gesicht schauen konnte. Voller Verachtung presste sie die Lippen zusammen.

»Nein«, sagte Blackie und stand auf. »Weit gefehlt. Richtig nervt mich«, sagte sie, ihr Mund ein paar Zentimeter von meinem entfernt, »wie verdammt gut du aussiehst, Brewster. Ich hätte es mit dir getrieben, dass dir Hören und Sehen vergeht, auch wenn du das Match nicht gewonnen hättest.«

»Danke«, sagte ich. »Verdammt nett, dass du mir das jetzt sagst.«

Sogar durch die furchtbaren Schmerzen und meine eigenen Schreie, als der Kerl meinen anderen Daumen packte und zurückbog, hörte ich, wie Blackie Snyder lachte.

Die Typen ließen mich los. Zwischen den blitzenden Sternchen sah ich, wie einer die Patronen aus meiner Glock in seiner Tasche verschwinden ließ, dann die Waffe neben mich auf den Boden warf. Ich lag da, und alles tat mir weh. Sie machten nicht mal die Tür des Motelzimmers zu.

Blackie blieb in der Tür stehen. »Nur jemand mit der Seele eines Killers kann es sich leisten, beim Billard nicht korrekt zu spielen, Brewster. Du solltest dich nach einem anderen Job umsehen.«

Dann war sie weg, und ich hörte draußen den Wagen anspringen, hörte, wie ihre Absätze über den Asphalt klackten. Stöhnend quälte ich mich zu dem Stuhl, wo ich meinen Billardkoffer abgestellt hatte; ich sah und fühlte und roch die Reste von Schweiß und Parfüm auf ihrem Slip und BH, dem Strumpfhalter und den Nylons, die mir auf der Strecke zum Koffer in den Weg kamen. Ich schrie vor Schmerz auf, als ich die Verschlüsse öffnete. Mit beiden Händen musste ich den Colt .380 halten, als ich nackt und blutverschmiert hinaus in die Nacht humpelte. Ich hörte eine Autotür zuschlagen, das Quietschen von Reifen, sah Scheinwerfer auf mich zukommen. Ich stellte mich direkt in ihre Bahn und hob die .380, während ich mich fast totlachte.

»Wie gefällt euch mein Billardspiel jetzt, ihr Arschlöcher?«, lachte ich und drückte ab.

Aus dem Amerikanischen übersetzt von Lisa Kuppler

Unter den Dächern von Nizza

von Sophie Andresky

Für Marcus

Das Knirschen war ganz leise. Es klang, als würde ein großer Kiefer unendlich langsam einen Brocken Mörtel zermahlen. Das Geräusch schlich sich von der verschnörkelten Brüstung über die opalgrünen Fliesen des Balkons, dann war es verschwunden. Ein zweites Knirschen. Das Geräusch bekam einen Körper: Ein Arm schob sich über das Geländer, eine Hand tastete vor zu dem Knie und der Wade, die sich auf die Fliesen pressten. Das Licht einer Straßenlaterne schimmerte auf dem schwarzen Latex, der sich über dem Körper spannte. Ein gehauchtes Seufzen, das Klacken, als die Taschenlampe auf die Fliesen gestellt wurde, dann war es geschafft. Eine junge Frau stand auf dem Balkon, streckte sich kurz und schüttelte die Arme aus, die von dem mühsamen Aufstieg über Balustraden, Mauervorsprünge und Pflanzenhalterungen schmerzten.

»Sunny«, murmelte sie, »du wirst nicht jünger. Mit dreißig solltest du so weit sein, dass du den Fahrstuhl benutzen darfst.« Sie sah noch einmal in den Garten hinunter, auf die breiten Kieswege und die üppig bepflanzten Beete, aus denen sich dunkelrote Blüten zu ihr emporstreckten. Sie hätte sich den Garten gerne noch länger angesehen. Wo sie wohnte, gab es so etwas nicht. Wo sie wohnte, wuchs Unkraut zwischen den Pflastersteinen, und ältere Frauen, die seit Jahren keinen Sex mehr gehabt hatten, züchteten kleine verkümmerte Pflänzchen in staubigen Blumenkästen. Je vertrockneter die Besitzerin, desto vertrockneter sahen auch die dürren Gewächse aus.

Hier strotzte alles vor Kraft. Die Pflanzen kamen ihr gierig vor, wie sie sich umeinander schlängelten und alles, was sie brauchten, aus dem feuchten Boden saugten. Fast obszön, wie die blühenden Büsche mit ihren spitzblütigen Fingern ineinander griffen und sich mit ihren Ästen durchdrangen. Es hätte Sunny nicht gewundert, wenn man aus dem Garten, dessen schwerer süßer Dunst bis hier hoch drang, ein vielstimmiges Keuchen gehört hätte, kleine und schrille Stöhnlaute von den rosafarbenen, zusammengefalteten Blüten der Rhododendren und dumpfes, fast hustendes Stöhnen aus den morastigen Teichen, auf denen die Seerosen schwammen wie große Brustwarzen. Sunny schüttelte den Kopf und strich sich über die Stirn. Wenn sie weiterhin in dem Job erfolgreich sein wollte, musste sie ihre Fantasie unter Kontrolle halten, sonst würde sie noch so enden wie die schlurfenden Frauen aus ihrem Viertel, die mit ihren Geranien sprachen, als blickten sie ihre verstorbenen Männer aus den hängenden Stängelchen an.

Sunny sah noch einmal konzentriert auf die geharkten Wege des Gartens, ob sie nicht doch beobachtet wurde. Aber natürlich war da niemand. Die Wachleute hatten Pause und zeigten sich in ihrem Wärterhäuschen vorne am Tor Männermagazine. Besuch war auch nicht zu erwarten. Nachts um zwei feierte die Society in den Clubs oder auf den Yachten. Frauen, die mit ihren gelifteten Schlitzaugen wie Zombies durch die Boutiquen stelzten, bleckten die ewig grinsenden Münder, deren einzige Aufgabe es war, ununterbrochen zu lachen, wie aufgezogene Duracellhäschen.

Wenn sie diese Frauen in ihren Cabrios beobachtete, stellte sich Sunny vor, es gäbe spezielle Upper-Class-Schulen für sie, in denen sie alles lernten, was sie für ein Leben an der Seite eines reichen Mannes brauchten: Bikinis an- und ausziehen, kichern, Staunemündchen machen und den Bauch beim Ficken einziehen, vielleicht auch Anti-Cellulitis-Stellungen, damit ihre Gönner sie auf der Yacht auch mal vor ein paar Freunden rannehmen konnten, ohne dass die sich wegen Dellen oder Prosecco-Röllchen um die Hüften schämen mussten. Die Männer dagegen kamen Sunny vor wie große speckige Maden, die das Geld und die Langeweile feist und tumb gemacht hatten. Sie schüttelte sich, wenn sie die behaarten Rücken dieser Männer sah, große Insekten, die nach allem griffen, was knackig und blond war. So wie sie. Ihr Aussehen war die Eintrittskarte in diesen Circus. »Und in die VIP-Lounge«, murmelte sie, »komm ich eben durch den Hintereingang.«

Sie umfasste langsam den Griff der Glastür. Er gab sofort nach. Sie lächelte. Auch die Alarmanlage, das kleine schwarze Kästchen am oberen Rand der Tür, war ausgeschaltet. Sunny schob ihren schwarzen Latexkörper mit einem geschmeidigen Schlängeln durch die Balkontür und richtete den Strahl der Taschenlampe auf die Kommoden und Bilder.

Die Sammlung war sehenswert: Modernste Malerei und Fotografien von Helmut Newton mit Widmung. Die langbeinigen, prallbrüstigen Models, von vorn, von hinten, unter erregten Rottweilern liegend oder lasziv in die Kamera äugend. Sunny interessierte sich mehr für die Gemälde. Direkt vor ihr hing, durch einen Mauervorsprung lichtgeschützt, der Akt eines Mädchens. Sie hielt die knochigen Beine gespreizt, zeigte dem Betrachter ihr unbehaartes Pfläumchen und sah zum Bildrand, als wollte sie aus ihrem eigenen Gemälde weglaufen. Sunny kannte das Gefühl.

Sie nahm das Bild von der schrägen Wand, nachdem sie geprüft hatte, ob es nicht durch eine Alarmanlage gesichert war, und machte sich daran, es mit einem Diamantschneider aus dem Rahmen zu lösen. Da ging plötzlich das Licht an. Sunny schrie auf und fasste sich mit der Hand an den Hals.

Das Licht war grell und kalt.

Und was Sunny sah, gefiel ihr gar nicht: Im Bett, nur ein paar Schritte von ihr entfernt, lag ein alter Mann, faltig und pelzig, Augenbrauen, die wie zwei Raupen durchs Gesicht liefen, der Mund ein verkniffener Spalt. Der behaarte Bauch lag nur halb auf dem Bettlaken, mit dem er sich zugedeckt hatte. Darüber stülpte sich aus dem grauen Haarwust seine fleischige Brust. Der ganze Mann bestand nur aus Wülsten. Pelzige, madenartige, weißliche Wülste. Am wenigsten gefiel Sunny aber, dass er eine Pistole auf sie richtete.

Tonio hatte das Geräusch ihrer Schritte gleich gehört. Er war wachsam, seit er bei Rolex-Raoul in Ungnade gefallen war. Er kannte jedes Geräusch in diesem Haus, und das merkwürdige Knirschen vorhin gehörte nicht zu den üblichen Dingen, die ihn weckten und vom Schlaf abhielten. Er war sofort hellwach gewesen. Um unbemerkt die Pistole aus dem Nachttisch nehmen zu können, brauchte er einige Minuten. Direkt neben dem Bett war der Lichtschalter.

Das Licht war grell und kalt.

Und was er sah, gefiel ihm außerordentlich: Da stand eine Frau in seinem Schlafzimmer, offenbar eine Kunstdiebin, eine gute noch dazu, die genau wusste, wie man das Messer ansetzt, um die Leinwand nicht zu beschädigen. Auf dem Rücken trug sie einen Köcher wie Robin Hood, in dem sie die zusammengerollten Leinwände wegschaffen wollte. Aber die Bilder interessierten Tonio nicht. Das Muschichen hatte einen Körper wie die heilige Versuchung. Die Kurven waren bestimmt nicht alle natürlich gewachsen, und falls doch, umso besser. Dieser Körper war dazu gemacht, gefickt zu werden. Von vorne und von hinten, zwischen die Brüste und die Pobacken, sogar in die Achselhöhlen hätte er sie gerne gefickt. Er stellte sich vor, wie er von oben zwischen ihren angelegten Arm und ihren Oberkörper stieß und ihre prallen Titten dabei an seinem Schwanzschaft reiben würden. Sie steckte in einem schwarzen Latex-Catsuit, unter dem sich Brüste und Hintern, sogar der Bauchnabel abzeichneten. Vielleicht konnte man noch mehr unter dem Material erkennen, wenn sie einen Fuß auf die Kommode stellte und er sich vor sie hinknien und ihr zwischen die Beine sehen würde. Ein Künstler hatte ihm einmal gerahmte Latexabgüsse von Mösen angeboten, genau so musste das bei ihr aussehen, die Fältchen und Lippen, der kleine Knubbel in der Mitte und die Rille zum Arsch hin, alles würde man unter dem hauchdünnen schwarzen Gummi sehen. Und darunter würde sie schwitzen, und der Schweißfilm würde sich vermischen mit dem Seim, der sich aus ihrer Muschel über die Härchen verteilte.

Sunny schwitzte. Jetzt kam es darauf an, keinen Fehler zu machen. Die Waffe war auf jeden Fall geladen. Einem, der so hässlich war, ging jede Art von Humor ab, der würde nicht lange herumfackeln. Er würde einfach abdrücken, wenn sie sich jetzt einen Millimeter Richtung Veranda bewegte, die Kugel würde auf sie zufliegen, eine Zehntelsekunde später würde sie den Knall hören, und dann würde die Kugel sich durch den Latex bohren und tief in ihr Fleisch schießen. Eindringen war eine gute Idee. Erst war sie in sein Zimmer eingedrungen, und wenn er Gleiches mit Gleichem vergelten wollte, lief immer noch alles nach Plan. Sie schüttelte ihre Haare.

Die blonden Haare des Törtchens waren zu einem Pferdeschwanz gebunden, und sogar über dem Gesicht trug sie eine zorroartige Latexmaske, die die Augen komplett verdeckte. Aber Tonio genügte ihr Mund, ein großer, roter Mund, der perfekte Saugmund, »Baby sag Honolulu«. Wie vom Blitz gerührt stand sie da und starrte seine Knarre an. Früher hatte er es immer genossen, wenn die Mäuse ihn so ängstlich anglotzten, und wenn man genug zahlte, guckten sie gerne so, die Mäuse. Geld hatte nie eine Rolle gespielt.

»Na, da werde ich mal die Polizei rufen«, sagte er, und die Kleine zuckte zusammen und atmete so rasch, dass der Latex über ihren Brüsten noch einen weiteren unglaublichen Millimeter nachgab.

»Bitte nicht«, rief sie, »bitte«. Ihre Augen hinter der Maske wurden groß, sie streckte sich ihm entgegen. Flehen konnte sie wie die Sünder auf alten italienischen Kirchenfresken. Tonio sah auf ihre langen, schwarz glänzenden Beine und grinste.

Wenn er grinste, sah man gelbe Zahnattrappen. Sunny schauderte und nutzte den Reflex, um vor ihm noch ängstlicher auszusehen. Sie würde nie verstehen, wie Leute mit so viel Geld so ungepflegt sein konnten. Allein aus den Nasenhaaren konnte man eine Pferdedecke stricken.

Aber er hatte eine Pistole. Sunny senkte den Kopf und trat einen Schritt auf den Mann im Bett zu. Langsam hob sie ihre behandschuhten Finger und nestelte an dem Reißverschluss des Catsuits.

»Vielleicht«, hauchte sie, »vielleicht werden wir uns ja auch so einig.«

Mit einem Zipp war der Anzug offen. Der Alte

sah aus, als würde er gleich platzen, so sehr quollen seine Augäpfel vor. Sunny würde sich einfach vorstellen, mit einer Comicfigur zu vögeln, mit dem Coyoten zum Beispiel oder mit Goofy, der war auch nicht gerade attraktiv. Oder Jabba, dem schleimigen Fleischberg aus *Krieg der Sterne*. Sie musste grinsen, und der Alte grinste zurück, er hielt das wohl für ein verführerisches Lächeln. Sunny wusste, dass ihre Brüste jetzt atemberaubend aussahen, weiß und fest, und dass sie leicht wippten, wenn sie sich bewegte. Also bewegte sie sich, trat von einem Fuß auf den anderen, als sei sie unsicher, hob auch mal den Arm, damit der Latex an ihrem Körper scheuerte und sich die Brustwarzen aufstellten.

Der Alte schluckte. Sunny ging noch näher an ihn heran und schnurrte: »Aber erst packen wir das Ding da weg, ja? Und dann revanchier ich mich. Du hast bestimmt noch andere scharfe, harte Sachen in deinem Bett, da brauchen wir die Knarre doch nicht.«

Die Pistole verschwand im Nachttisch. Sunny stellte einen Fuß auf das Bettende und zog den Reißverschluss weiter auf. Der Alte beugte sich vor, als wolle er zwischen ihre Schenkel kriechen, und als der Reißverschluss ganz unten war, konnte sie seinen gierigen Atem fühlen.

Goldene Löckchen quollen aus dem Catsuit,

Sunny schob die Fingerspitzen hinein und spielte mit ihrem Nest. Ihre Hand steckte ebenfalls in schwarzen Latexhandschuhen, und als sie einen Finger zwischen ihre Mösenlippen gleiten ließ, sah es aus, als fahre ein kleiner, fingerschmaler Dildo in ihrem Pelz herum. Währenddessen rollte sie mit kreisenden Bewegungen den Latexanzug von den Schultern. Sie schlüpfte heraus, so dass ihr Oberkörper komplett nackt war, und schmiegte sich neben ihn. Die Maske ließ sie an, aber das schien er zu mögen. Der Kontrast zwischen der weißschimmernden, samtigen Haut und dem kühlen schwarzen Latex an ihren Beinen gefiel dem Madenmann offensichtlich. Sunny riss mit einer großen Bewegung das Plumeau vom Bett. Als sie sich an seinen Boxershorts zu schaffen machte, an dem kleinen Knopf und dem Schlitz darunter, waren ihre Finger ebenso geschickt wie eben beim Öffnen der Balkontür. Sie kniete mit weit gespreizten Beinen über seinem schlaffen, fahlen Schenkel und bog den Oberkörper zurück, mit beiden Händen streichelte sie sich Brüste und Bauch, fuhr dann wieder tiefer zwischen ihre Beine und öffnete mit den Fingerspitzen ihre Möse. Mit einer Hand stützte sie sich auf der Matratze auf, damit sie ihm ihren Unterleib noch weiter entgegenstrecken konnte, einen latexummantelten Finger steckte sie sich unendlich langsam in die Möse. Die Augen des Alten folgten ihm gierig. Sunny nahm seine Hand und legte sie auf ihre Brust. Die weißliche behaarte, knotige Hand konnte sie nicht umfassen, er knetete sie auch nicht oder zupfte am Nippel, er hielt sie einfach in der Hand, als prüfe er ein Stück Obst auf dem Markt. Plötzlich kam Leben in den alten Körper.

Tonio hatte noch nie solche Brüste gesehen. Am Strand hätte er sie bestimmt stundenlang beobachtet, aber angesichts der blonden, mit Sicherheit feuchten Angelegenheit zwischen ihren Schenkeln wollte er sich nicht so lange so weit oben aufhalten. Er stürzte sich über sie, vergrub sein Gesicht an ihrem Bauch und versuchte schon, tiefer zu züngeln, hinunter, wo der Reißverschluss steckengeblieben war und sich die Loreleylocken über dem kühlen Material kräuselten, und tiefer hinein auch, wo es schlüpfrig wurde und es so viel zu züngeln und zu schlabbern gab. Erst wollte er sie ein bisschen lecken und dann, gleich darauf, wollte er sie endlich ficken. Alles an ihm drängte in sie hinein, er wollte jede Öffnung, jeden Spalt ihres jungen Körpers mit sich füllen, und er schickte ein Stoßgebet zum Himmel, dass sein Schwanz hart genug werden möge, um sie auch in den Arsch zu ficken, denn das ließ er sich nicht entgehen, wenn ihm so eine Muschimieze wie auf dem Silbertablett präsentiert wurde und sie alles tun musste, was er wollte.

Außerdem war das früher, als er noch mit den Jungs auf den Yachten unterwegs war, seine Spezialität gewesen, ein Mädchen von hinten rannehmen und sie dabei vorne mit den Fingern ficken, immer abwechselnd ein Stoß in den Arsch und einer in die Möse, so war das gut gewesen.

Gerade hatte er begonnen, in seinen Boxershorts nach einem Rest Leben zu forschen und sich zu reiben, er roch schon den Duft dieses geheimnisvollen schwarzgoldenen Spalts, da ging die Tür auf. Das leise Klicken klang dröhnend laut in seinen Ohren.

Sunny schrie wieder auf wie eben, als der Alte sie entdeckt hatte. Sie starrte die Frau in der Türfüllung an, die eine Spiegelreflexkamera auf das Bett gerichtet hielt und ein Foto nach dem nächsten schoss. An ihren Handgelenken klirrten dicke goldene Armreifen.

»Das wird teuer, du Aas«, schrie sie. Die etwas rostige Stimme lenkte kaum von dem leichten Schweizer Akzent ab. »Das kostet dich die Villa und das Boot auch. Von wegen ich krieg die Scheidung nicht durch! Vergoldet bekomm ich sie!« Aus den sorgfältig hochgesteckten Haaren hatte sich eine Strähne gelöst. Sie fotografierte immer weiter.

Sunny sprang aus dem Bett, pellte sich wieder in

das Catsuit, griff ihre Sachen und verschwand wie ein Schatten über die Balkonbrüstung.

Tonio kniete immer noch in seinem Bett, den Hintern hoch in die Luft, die Hand in den halb heruntergezogenen Boxershorts, in denen sich nun sicher nichts mehr regen würde nach dem Schock, und den Mund halb geöffnet, in der Nase noch den zarten Duft der schönen Einbrecherin.

Dann war auch die Schweizerin verschwunden, und er lag da, völlig erschöpft und verwirrt und verstand nicht, was mit den Frauen los war, eine diebische Elster die eine und eine hysterische Zicke die andere. Zumindest war er jetzt nicht mehr lange mit ihr verheiratet, das war ein Lichtblick, auch wenn er sich eine andere und vor allem kostengünstigere Abwicklung des Problems gewünscht hätte.

Sunny lachte so laut, dass sich ein paar Männer nach ihnen umdrehten. Sie saßen in dem schummrigen roten Licht einer Bar am Hafen, in der Sunnys Latexanzug gar nicht auffiel und sie für ein lesbisches Liebespaar gehalten werden konnten. Die Schweizerin neben ihr hatte sie gerade auf den Mund geküsst, was die Männer fernhielt, die an der Bar herumhingen.

»Großartig«, strahlte sie und ließ den Film zurückspulen. »Das wird teuer.« Sie nickte Sunny zu, die sich über ein zweites Glas Champagner hermachte. Die Frau hielt den Film fest in der Faust. »Das hier bringt mir vor Gericht Nullen ohne Ende.« Sie küsste Sunny wieder und sah sie lange von oben bis unten an. »Ich kann gut verstehen, dass er was von Ihnen wollte, Sie sehen aus wie Catwoman.«

Sunny lachte: »Ja, an Comics hab ich heute Abend auch schon gedacht.«

Die Frau schob ihr über den Tisch ein dickes Kuvert zu. »Sie waren fantastisch«, sagte sie mit leichtem Akzent, »das ist für Ihre Mühe.«

Sunny lächelte mit ihrem schönen breiten Mund und hob das Glas. »Auf die bösen Mädchen dieser Welt!«

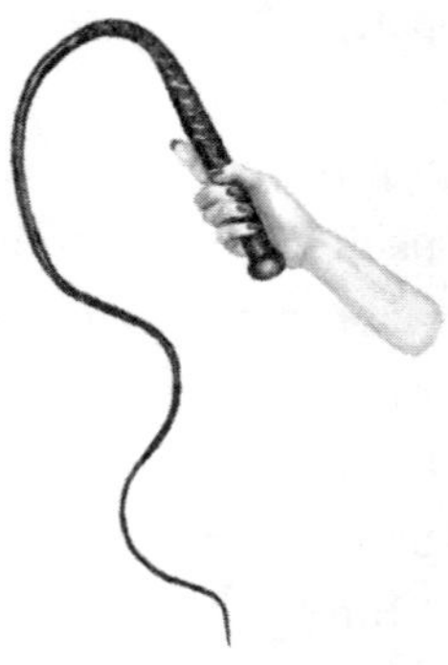

Wenn man liebt

von Roger M. Fiedler

Wenn man liebt, dann sind alle anderen nur Tote im Bett. Sie geben dir Geld, sie nehmen dir Zeit. Grau bleiben sie. Meine Zielgruppe ist die Buchclubfrau. Sie hat ihre Reize, glauben Sie mir, aber sie steckt in Geschichten von zufällig eingereichten Scheidungen fest, träumt sich in eine Welt, in der alle Heldinnen Designerinnen sind, Marketingstrategin, toughe Börsenfrau oder wenigstens Journalistin. Das ist mein Kundenkreis, denn eines haben diese Träumerinnen alle gemeinsam: Sie lassen sich aufs Bett fallen und machen untätig die Beine breit. Warum ich das hier so weitschweifig erkläre? Es ist harte Arbeit, von der ich lebe, auch wenn es nach Vergnügen riecht. Haben Sie mal versucht, eine Illusion zu erzeugen? Eine perfekte Illusion?

Bantu Ssiba Tegré blickte auf und blinzelte angesichts des schäbigen Vernehmungszimmers, in dem er saß, als schmerzte ihn die Trostlosigkeit ausgebleichter Schreibtische und verdorrender Kakteen. Bantu war ein Genießer. Vater und Mutter deutsch. Man durfte sich nicht durch den Namen täuschen lassen. Es gab in seinem Leben keine Kämpfe. Allenfalls eine latente Form von Bedeutungslosigkeit. Die sah man ihm an. Er selbst war die mühsam errichtete Illusion, von der er sprach. So funktionierte sein Leben. Und es funktionierte nicht schlecht.

Der Staatsanwalt saß ihm mit rotem Kopf gegenüber und ein Beamter mit durchdringendem Blick, häßlich und bleich. Der Staatsanwalt polierte seinen Ehering, und Bantu, den sie gerne für einen Kleinkriminellen gehalten hätten, redete weiter.

Es ist das Geld, das uns alle bewegt wie ein unsichtbarer Faden. Das Geld gibt Männern das Recht, Frauen zu langweilen. Recht, sage ich. Weil es so ist. Denn die Frauen verkaufen sich. Und wer sich verkauft, der gibt Rechte weg. Rechte, verstehen Sie? Jeder hat das Recht auf sexuelle Befriedigung, auch wenn das nicht in Ihren Akten steht.

Tatsächlich schien der Staatsanwalt danach zu suchen, aber es stand offenbar wirklich nicht drin. Bantu massierte sich unter dem Tisch ausgiebig den Schritt. Der Staatsanwalt dachte offensichtlich an seine Frau. Tegré stieß zu.

Dann kommen sie zu mir. Ich schaue sie an und entdecke, dass sie grau geworden sind. Das ist es, was man mir vorwirft. Es ist nicht das, was ich tue, oder wie ich es tue, sondern die Tatsache, dass es überhaupt einer tut. Ich meine die Ehemänner. Plötzlich ist eine graue Frau lebendig, und sie entdecken in ihrer Lebendigkeit das eigene Versagen. Nichts ist schrecklicher, als zu sehen, dass man eine interessante Frau zu einem langweiligen Gegenstand hat werden lassen mit seinem – wie soll ich es sagen? – Schwanz.

Der farbige Mann, Musterexemplar eines Tatverdächtigen, blickte auf, quälte sich wieder mit dem Anblick des schäbigen Zimmers, als habe er erwartet, dass es sich in seinem Gedanken auflösen würde wie in Wäschelauge. Aber es war noch alles da. Das Vernehmungszimmer, der Schreibtisch, der tote Kaktus, der Staatsanwalt. Nur der Häßliche mit dem durchdringenden Blick hatte sich bewegt. Sein Gesicht hatte kaum merklich einen anderen Ausdruck angenommen, im Rücken Bantu Ssibas und streng zum Staatsanwalt gerichtet, der jedoch nichts wahrnahm über seinen Akten. Ob dieser Gesichtsausdruck von einem starken Gedanken begleitet wurde? Ein solcher nämlich sprang wie ein elektrischer Funke über und reizte Bantu Ssiba auf dem Stuhl, eine letzte Bemerkung zu machen, die gar nicht ihm gehörte, aber dennoch im Raum stand. Schwebte. Waberte, von Anfang an. Wie Geist über den Wassern. Und sich dann – plötzlich – materialisierte.

Es könnte Ihre Frau sein, oder Ihre!

Daraufhin warfen sie ihn raus. Die Sache mit der gefälschten Banknote sei nicht weiter verfolgbar, hatte man scheinheilig unter sich abgemacht. Amtsvollmacht des Staatsanwaltes. In den Kopf eines

Menschen hineingehen, dachte Bantu, seinen Gedanken in die gewünschte Richtung drehen, und dann zusehen, wie er ihn für den eigenen ausgibt, ist eine bemerkenswert harte Form sexueller Stimulation. Im Moment, als er seine letzten Worte aussprach, in diesem häßlichen Raum mit diesen grauen Menschen, war dieses überraschende Gefühl einer Einladung da gewesen. Der Staatsanwalt hatte ihn zu diesem Satz geradezu eingeladen mit seinem manisch umklammerten Ehering. Der Staatsanwalt wollte sich auf diese Weise ficken lassen. Und nun bezahlte er – wie alle anderen – dafür.

Unwahrscheinlich, dass die Banknote, derentwegen man Bantu Ssiba vorgeladen hatte, irgendwann vorher schon einmal durch die Hände einer der Beteiligten gegangen war. Durch die Hände der Frau beispielsweise, die zu dem hartnäckig polierten Ehering gehörte – auf direktem Wege zu ihm. Aber es wäre möglich. Es wäre möglich, dass die Frau des Staatsanwaltes zu seiner Zielgruppe gehörte. Und schon das war zu viel. Würde der Staatsanwalt nun heimkehren, um sie zu schlagen? Der starrende Beamte sich in der nächsten Kneipe mit seinen Kumpels besaufen und sie sich auf der Toilette gegenseitig versichern, dass so etwas ihnen nie passieren könnte? Mit einem dämlichen Grinsen im Gesicht, das, kaum dass der andere Pinkler sich abwandte, einem ängstlichen Argwohn weichen würde, der wiederum nur durch Bier zu bekämpfen war? Ihn, Tegré, der jetzt mit der Straßenbahn nach Hause fährt, obwohl ein offener Porsche in seiner Garage wartet, ihn beschäftigte die Frage. Das Geld, wie es so seine Wege geht und Kraftlinien aufzeigt unter den Menschen oder solche erst entwirft, wie es auf seiner schnellen, dem Konsum gegenläufigen Bahn ständig seinem eigenen Gegen-Wert begegnet: Zigaretten, Buch, Liebe, Arbeit, der Gemüsefrau im Supermarkt, der Eins auf dem Zeugnis, den Messern der Jugendgang, der Aufregung der Kassiererin, einem nackten Mann in einem fremden Bett, dem Auge des Prüfers in der Bundesbank, dem starrenden Polizisten, dem Muff im Büro des Staatsanwaltes. Wie diese Gegenläufigkeit schneller und schneller und die Kontakte der beiden Medien Geld und Ware immer härter würden wie Unfälle auf der Autobahn. Vielleicht auf einem anderen Weg, wer kann es wissen? Auf Ab-Wegen? Geld-Lüge, Geld-Droge, Geld-Tod? Der Schein. Deswegen wohl heißt er so. Man gibt etwas her und bekommt dafür einen Schein. Man bekommt nur den Schein von etwas, das man selbst nicht sehen kann. Was also ist an Falschgeld so verkehrt?

Um neun kam die Montagsfrau. Die Zeit gehörte

zum Kalkül. Sich um jeden Preis wehren gegen das Diktat des elektronischen Fantasievernichters zu Hause mit seinen ewig-gesetzten Zeiten. Fernsehen. Acht-Uhr-Fünfzehn. Ein Treffen, das um diese Zeit beginnt, endet programmatisch in gähnendem Entsetzen. Die Montagsfrau streckte sich – heute mal ganz anders – auf die lange Liege. Und man konnte sehen, dass sie es sich gründlich überlegt hatte, gezweifelt, welche Richtung es dem Abend gäbe, wenn überhaupt, und ob sie es sich erlauben sollte, sich und vor allem ihm. Das Hinstrecken auf die Liege, barfuß, das Bein streift leicht zurück über die Kante des Stoffbezugs, und der reservierte Tisch verfällt. So also hat sie gedacht, als sie sich aus dem Heim schlich wie aus einem Gefängnis – für den Wärter die selbstgefertigte Wachspuppe zurücklassend, die sie an allen anderen Tagen spielt, Kleider und Schminke der Alltäglichkeit, dieses Gespenst aus Sicherheit und uneingestandenem Irrtum. So hat sie gedacht, als sie mit der Straßenbahn Kreise und Achten fuhr – oder mit dem Bus, nicht etwa, um ihre Spuren zu verwischen, sondern um dem Weg zu dem, was sie wollte, seine Direktheit zu nehmen. Neun Uhr. Oder ist sie vielleicht schon morgens mit dem Gedanken aufgewacht, heute mal das Ritual aus gemeinsamem Essen und Ficken zu brechen? Fängt sie etwa an, die Fantasie selbst zu entwickeln, deren Mangel sie ihm Woche für Woche in die Arme treibt? Bantu geht zu ihr, streicht leicht über ihren Fuß, erreicht Schenkel, Bein, und seine Hand verschwindet unter ihrem Stoff. Ich möchte gerne, sagt er und lockert ein Elastikband, eine Kleinigkeit – er macht eine Pause, schiebt den Slip nach unten und fährt fort – essen.

Das Restaurant ist im Süden, und sie lebt im Norden. Es liegt außerhalb, das gibt Sicherheit. Außerdem ist es fremd. Und französisch. Ein fremder Ort weit weg; von dumpfem, ländlichen Süden ist es umgeben wie Röschens Dornbusch. Und sie unten rum nackt. Es sind billige Mittel, die Bantu Ssiba immer wieder die Oberhand zurückgeben, aber sie funktionieren, und seine Montagsfrau behält dabei noch das Bewusstsein, etwas auf die Bahn gebracht zu haben, ein kleines Stück Freiheit. Ein kleines Stück, ungewohnten Strömungen der Luft ausgesetzt unter dem sommerlichen Kleid oder sogar begehrlichen Blicken Fremder? Des Kellners vielleicht, der sich hier in Personalunion mit dem Chef Patron nannte?

Bantu verfolgte eher interessiert als aufmerksam ihre unsicheren Blicke, den rötlichen Teint um ihre Nase, das Blähen ihrer Nüstern, während ihres wasserfallartigen Gequassels, ihre unbeständige Anwesenheit im Allgemeinen. Teils hier zu sein, teils in einem dummen Traum. In der Vermischung aus

Scham über fehlende Bekleidung und Lust auf Kommendes, schlangen sich Beine in- und übereinander, und jedesmal, wenn er sich zu ihr beugte, um eine Unterbrechung in ihren nervösen Redeschwall zu küssen, erzeugten ihre Lippen ein leises, feuchtes Geräusch unter den weißen Tüchern des Maître-Patron. So liebe ich das, sagte er und zwinkerte ihr zu, was ihm bisher noch immer mindestens ein verschwörerisches Lächeln eingebracht hat, ein Vergessen und den Blitz eines heißen Gedankens an das, was kommen sollte. Es endete im Bett, wie es der Sinn der Sache ist. Und der kleine Salat mit seinen Putenbruststreifchen störte nicht dabei.

Heute, sagte sie anschließend, sei er ganz anders gewesen. Bantu Ssiba nickte wissend. Nach dem Abschied öffnete er gespannt das Buch, das immer im Badezimmer liegt, *Herr und Hund*, Seite dreizehn. Prüfend entnahm er die beiden Scheine. Zwei echte, wie es aussah. Die Montagsfrau war's also nicht.

Dienstags erwachte er gegen sieben, putzte Perlweiß in seine Zähne und sprach sich die Träume der Nacht vor, um sie dann zu vergessen. Dann nahm er seine Dusche, frottierte und betrachtete sein Arbeitsinstrument von allen Seiten im Spiegel, streifte mit gekonntem Wischen ein Präservativ über, damit sein Handgelenk den Schwung dabei nicht verlernte – nur eine minimale Unsicherheit in dieser Verrichtung, und die Stimmung wäre hin, damit die ganze Arbeit. Machen Sie doch mal eine typische Handbewegung! Danke. So ist das, dachte Bantu Ssiba, und sah sich selber pulsierend weich werden, auch ein Lustarbeiter braucht sein Training. Die Zähne blitzten im Spiegel, und der Rasierpinsel kreiste ums Kinn. Das Messer war noch scharf, und Ssiba überlegte sich, heute das große Knotenbuch aus dem Schrank zu nehmen, in dem er seine Bücher versteckte. Schon eingeseift, öffnete er die Schiebetür und kramte aus den Häufchen sorgfältig sortierter Unterwäschen seinen zweiten Band Weltliteratur hervor. *Herr und Hund* verschwand tief in der moschusduftenden Dunkelheit. Auch das hatte er irgendwann mit großer Verblüffung zur Kenntnis genommen: dass seine Frauen nicht gerne auf Bücher stießen. Er war hier für sie ein geschmeidiger, geistreicher, aber völlig unverbildeter Körper, Akzent auf Körper. Dieses eine Buch im Bad als Deckel für einen diskreten Bargeldverkehr war seine eigene galante Erfindung.

Bantu ließ den Pinsel in tieferen Regionen tanzen und plante den Vormittag. Er war gut in Form, das Training schlug gleich an. Hart-weich-hart – der Reiz liegt im Wechsel. Noch einmal die Nummer mit dem übergestreiften Latexhäubchen, so konnte es gehen. Die Sonne schien. Es wurde Tag. Leider hatte er sich den Kaffee verwehrt, Blutdruck ist Arbeitsgrundlage, also würde es ein grüner Tee werden, und ein paar Gedanken für den Nachmittag. Frauen in diesem Beruf, sagt man, trennten sauber Vergnügen und Geld. Er nicht. Die Dienstagsnummer war immer etwas Besonderes.

Seit Jahren verfolgte Bantu Ssiba die Geschichten der Frauen beim morgendlichen Tee in der Sonne des Straßencafés, betrachtete den Verkehr draußen, wie er sich immer schneller durch die Stadt fraß oder aus ihr hinaus, in die Geschäfte, zum Eismann oder in die Gemeinschaftspraxis der sechs Proktologen gegenüber, betrachtete die Münzen im Beutel der vertrauten Kellnerinnen und wusste durch die Bücher mit den Geschichten der Frauen, dass immer wieder Splitter dieses großen Stroms abplatzen und wie Meteoriten in sein Bett fallen würden. Ihre Wünsche trugen das Geld in seine Taschen. Und die Wünsche verraten ihre Geschichten. Sie sind uralt. Jeder zweite Mann trägt Turnschuhe in diesen Büchern, jeder dritte Protagonist ist retardiert, die anderen zumindest überheblich. Bantu Ssiba sah dies als Bildungsauftrag und las, was er später verwirklichen wollte.

Heute würde er die Dienstagsfrau auf Händen tragen. Mit einem kleinen Schuss heftigen Verlangens in sich leicht beulenden Workoutpants und gelglänzender Brust zu Bananen-Möhren-Duft im Mixer auf der Küchenarbeitsplatte und der Attitüde des Überraschten im Gesicht. Sie kam. Um alles einzuleiten nach der Routine, die seit dem ersten Mal mit ihr bestand. Immer trafen sie sich erst in diesem Café, dann nach langer Mittagspause wieder. Tegré winkte verhalten und ließ seine Lektüre verschwinden.

War sie es, diese blonde, kühle, selbstsichere, weltgewandte, schlanke Traum-aller-Männer-Frau, Industriellengattin vielleicht, Anwältin oder Apothekerin konnte sie sein? War sie es? War sie die Fälscherin? Die Frau, die ihm ein peinliches Gespräch auf der Bank und ein noch peinlicheres im Präsidium eingebracht hatte?

Als sie da stand, kam ihm zu Bewusstsein, wie wenig er doch über diese zarten Wesen wusste, die da regelmäßig wie Sternschnuppen in seine Laken fielen. »Was willst du?«, fragte er, winkte selbst nach Salat mit Hähnchenbrust und dachte vielleicht tatsächlich dabei an die Gesundheit seines Körpers. Aber wer kennt schon die genaue Grenze zwischen Realität und Fantasie? Das Theater hatte eh schon begonnen. Bantu steckte in der Rolle des Yogalehrers, sexueller Archetyp in der Welt der weiblichen Fantasiegeschichten. Zumindest in Bantu Ssibas Kundenkreis.

Kaffee. Bestellte sie. Und er kommentierte: »Wie bitter.« Ein schalkhafter Zug spielte um ihre Lippen, als sie: »Wie das Leben«, antwortete. Aha! Was er so täte, fragte sie, und er begann seine Dienstagsnummer mit der Aufzählung eines fiktiven Sportprogramms. Ein bisschen Joggen im Park, Tennis und abends Theater. Ob sie sich Zeit nehmen könne dafür. »Ja«, sagt sie, und die goldene Brücke der Woche ist gebaut. Kleine Herausforderung Woche für Woche, dass er ihr immer einen neuen Vorwand erfindet und damit dieses Ritual des geschäftlichen Gespräches vorneweg entschärft. Und wenn er sie noch, wie jetzt in diesem Augenblick, mit ehrlichem, sicheren Begehren anschaut, dann hat der Tag seine Farbe zurück. »Bis um drei also«, sagt sie, und Bantu geht spazieren. Ungeduldig. Denkt an die Frau, aber mehr noch an die falschen Scheine, die er ihr nun wie falsche Liebe unterstellt. Der Schein. Keine seiner Frauen war so sehr Schein wie sie. Selbst eine Schönheitsoperation hatte er an ihr entdeckt. Das ewige Leid am Po. Ist es nicht dieses Sein-wollen-was-man-nicht-ist, das geradezu sicher auf den Weg des Einen-falschen-Schein-Erzeugens führt? Hintern, Nase, Brust. Gibt es einen direkten Weg vom Titten-Fälschen zum Fälschen von Geld?

Wie wenig er über sie wusste, begriff Bantu Ssiba erst, als er entgegen seiner Gewohnheit dann doch sofort ins Café zurückkehrte, um – wie sie ihn immer trank – einen Kaffee zu probieren. Tatsächlich, er schmeckte bitter. Die Dienstagsfrau verschwand drüben in der Praxis des Proktologen, und Bantu Ssiba hier mit der Tasse in der Hand staunte über die Simplizität der Dinge. Namen kamen ihm in den Sinn und Zusammenhänge. Die Frau des Proktologen. Genitalien als biologisch-medizinisches Phänomen. Dagegen also führte er im ausgebeulten Sportdress seinen Traumkampf. Und das Geld war ehrlich und am Objekt selber verdient, zu dessen Heilung es dann wieder ausgegeben wurde. Warum nur waren ihm solche Dinge früher nie aufgefallen? Und warum jetzt? Und wie schön hätte die Lust mit ihr sein können, wenn sie gestohlen gewesen wäre? Aber diese Frau stahl sich nur etwas Zeit, und er, Bantu Ssiba mit dem bitteren Kaffee in der Hand, kam sich vor wie ein peinlich berührter Kaufhausdetektiv. Ihr Geld jedenfalls war echt.

Am Mittwoch fiel ein Tropfen Zahnpaste auf den Einband des Buches, kleckste sich zwischen die Buchstaben des Titels wie Sperma in die Ritzen des frisch gebohnerten Fußbodens und brachte Bantu Ssiba auf einen Gedanken. Weiß. Er stand steif vor seinem Spiegel und weißte Zähne, weißte sein Kinn, kramte aus seinem Schrank ein weißes Buch hervor. Weiße Wolken spiegelten sich im Glas, als er, weiß gekleidet heute, auf seiner Terrasse einen Bananen-Shake nippte – der Farbe wegen. Die Dienstagsfrau war die Falsche, okay. Aber nun begann ein neuer Tag. Bantu Ssiba dachte an Bohnerwachs auf nackten Dielen. Das würde nicht nur für sie das Richtige sein. Heute standen auch für ihn die Chancen am besten, die Frau zu finden, die er suchte. Es würde für seine Suche das Richtige sein, der würdige Abschluss. Falschgeld und Bohnerwachs.

Swerina war Meisterin darin, dem Parkett seiner Altbauwohnung zu neuem Glanz zu verhelfen. Einem Glanz, der das Alter, die Spuren der Zeit, die Erfahrungen erst hervortreten läßt, die diese Dielen gemacht haben mussten unter ihren jeweiligen Bewohnern. Hundertzwanzig Jahre hatten die hölzernen Zeugen aus ihrer Bodenperspektive erlebt, hundertzwanzig Jahre des Tretens, Kommens, Gehens, Wischens, unter den Teppich Kehrens oder Wiederhervorholens, hundertzwanzig Jahre aus der niedrigsten Perspektive, die es in diesen Räumen gab. Manchmal schien es, als flüsterten diese Dielen nachts von geheimen, versteckten Schätzen aus den Wirren der Zeit und forderten, mit dem Brecheisen nach ihnen zu suchen. Nach Fragen zu suchen oder Antworten, die ein einziges Leben dir nicht gibt. Wie mochten hier die Kriege verlaufen sein?

Wer schrubbte auf Knien Blut oder Erbrochenes von diesen Brettern? Wer lernte hier Laufen und hinterließ seine ersten Bleistiftzeichnungen in der rötlichen Maserung, die wer mit Stahlwolle und Abziehmesser unter den misstrauischen Blicken welcher Hauswirte vom Boden tilgen musste? Wer stellte Öfen auf mit der Bohrmaschine, dort wo jetzt noch dunkler Holzkitt in einem helleren Geviert auf den Liegeplatz der Brandschutzbleche verweist? Wer schob Klaviere von Raum zu Raum, um sie dann in Notzeiten für Appel und Ei zu verkaufen? Ja, ein Ei. Weiß. Das würde er ebenfalls zum Frühstück nehmen. Swerina kam immer, wenn er, Bantu Ssiba, weit weg war vom Staub und seiner Entfernung. Er würde ihr einen Zettel hinterlassen, den sie hoffentlich würde entziffern können. Bereite den Boden, denn er soll heute mein Bett sein! Bereite den Boden, damit der Abend und die Farbenfrau Spermien darauf klecksen kann. Am Boden, im Dreck. Das schrieb er nicht, das dachte er.

Alleine diese Fantasie regte Bantu Ssiba schon an, so dass sein Körper ihm von selbst das Ziel der heutigen Übung entgegenreckte. Mit Schwung in der Hand strich er sich das Kondom über. Etwas heftig und daher schmerzhaft. Die Frau in der Mitte der Woche hatte Geld. Gerade das hätte ihn auf sie aufmerksam machen sollen. Sie besaß. Was sie nicht besaß, war das Nicht-Kaufen-Können. Alleine das war es noch wert, gekauft zu werden. Zumindest im Versuch. Darum hatte Bantu Ssiba Tegré irgendwann seinen Preis gesteigert, willkürlich nur und nur für sie. War es eine Frage, die er ihr stellte? Ein Versuch? Er hatte seinen Preis einfach neu definiert und mit Erstaunen festgestellt, dass sie nicht nur akzeptierte, sondern von hier an eine neue Qualität in den Orgasmen erlebte, die er ihr gab. Nicht schenkte, was wichtig ist. Er verkaufte. Er verkaufte das Nicht-Kaufen-Können. Und nur an sie. Er erhöhte den Preis, um seinen Wert zu steigern, zusehends, Woche für Woche, einem ebenso unabsehbaren wie unsinnigen Ziel entgegen, allein, um immer teurer zu sein – für sie. Und mit jedem Schein, den sie zusätzlich zu bezahlen hatte, kam es ihr härter, besser und öfter. Also legten sie – gemeinsam konnte man sagen, denn sie war es, die sich im Gegensatz zu allen anderen wie nach dem Stand der Aktie am jeweiligen Börsentag nach seinem neuen Preis erkundigte – also legten sie gemeinsam eine Klimax an, die längst an einer Schmerzgrenze angelangt sein musste. Schmerz und Sex scheinen doch aufs Innigste verbunden. Die Schreie der Lust, wenn sie kommt.

Hatte sie die Klimax zerbrochen? Hatte diese Frau sich der sorgfältig inszenierten Demütigung durch seinen immer höheren Preis entzogen, indem sie nicht den Wunsch des Körpers aufgab, sondern die Relation am anderen Ende unterbrach? Indem sie den Wert selbst außer Kraft setzte? Die Farbenfrau besaß ein Imperium an Firmen, Läden und Fachgeschäften. Alles in der Stadt, was bunt war und nach Lösungsmitteln roch, gehörte ihr. Selbstredend ganze Ketten von Kopierläden, wo eifrige Studenten centweise Wissen von einem Blatt aufs andere kopierten. Dort ließ sich Geld so leicht und wahllos vervielfachen, wie er, Bantu, auf der anderen Seite der Waage seinen Wert steigerte. Höhlte sie dieses intellektuelle Spiel des schnöden Geldes wegen aus? Er musste und würde parieren. Der Akt musste einfacher werden, je teurer er bezahlt werden musste. Sie musste tun, wofür er das Geld bekam. Und heute nacht auf dem hölzernen Fußboden, kniend wie die Scheuerfrauen vergangener Zeiten. Weiß alles drum und herum als deutliches Signal, dass er ihre Farben nicht brauchte, um die Welt ihrer Wünsche bunt zu machen. Er wollte sie glücklich am Boden sehen – mit einem aberwitzig teuren weißen Flecken Sperma auf ihrer Brust.

Als es dann so weit war – nach einem Tag, den er dem prickelnden Pulver in seinen Atemwegen, welches er sich dem Blutdruck zum Gefallen so selten gestattet, weiß nennt – als es dann so weit war, als seien die Stunden zwischen Gedanken und Tat durch einen Talweg aus glitzerndem Schnee verbunden, aus Koks, den der gedankliche Skiläufer rasend, unkontrolliert und mit nur einer zurückbleibenden Erinnerung bewältigt – nämlich der des Rausches, als es so weit war, stand er da, barfuß bis zum Hals auf seinem Holzfußboden und nannte eine irrsinnige Zahl. Und sie sagte ja. Und er wurde steif. Und sie ließ ihre Kleider fallen. Und er betrachtete sie aufmerksam, bis sie ihm unerwartet attraktiv vorkam, gewaltig anziehend, begehrenswert, schön, und seine Genitalien sich seltsamer Weise gerade bei dieser Beobachtung heillos entspannten.

»Warum machen Sie das?«, fragte er.

»Sie?«, fragte sie zurück und zog verlegen ein Kleidungsstück vor ihre Brust. Und sie betrachteten sich wie zwei Fremde, die gerade aus Raumanzügen gekrabbelt waren, die sie draußen gegen Kälte, Hitze, Trockenheit und Dürre, gegen zu großen oder gänzlich fehlenden Druck getragen hätten, oder einfach nur, um sich selbst nicht sehen zu müssen. »Warum bezahlen Sie so irrsinnig viel Geld?«

»Ich will«, sagt sie, »wissen, wie weit Sie gehen werden.«

Es geht also, denkt er, um mich?

Er wusste nicht, wie und wann sie gegangen war. Nur fand er sich kalt. Der Raumanzug fehlte. Im Bad, im weißen Buch lagen sauber bunte Scheine. Echt leider auch sie. Echt auch das, was sie getan hatten, so langweilig echt, dass weder er noch sie, das wusste er immerhin, sich daran erinnern wollten. Das Falsche gesucht, das Echte gefunden, und es für falsch empfunden. Übelkeit überkam ihn, als er sein Sperma sah, das dem Plan des Morgens zufolge etwa da lag, wo vor fünfzig Jahren ein Klavier geschoben worden sein muss. Und Bantu Ssiba schrubbte bis spät in die Nacht den Boden. Alles echt! Echte Gedanken, echte Seife, echte Schmerzen, echtes Geld. Dann kokste er wieder und schlief bis zum Abend des folgenden Tages einen traumlosen Schlaf, den er sich – schlafend – selbst vor dem Spiegel erzählte, um ihn dann zu vergessen.

Ein schreckliches Erwachen quälte Bantu Ssiba am späten Donnerstag. Für Momente wusste er nicht, auf welche Teile seines Lebens sich der zurückliegende Traum erstreckt hatte und auf welche nicht. Er saß auf seinem Boden. Es war kalt. Er putzte nicht seine Zähne, allein bei der Vorstellung einer Erektion wurde ihm speiübel. Immer wieder durchwühlte er alle Geldscheine, die er gesammelt hatte, und hoffte, einen falschen zu finden. Dann nahm er die Bibel aus seinem Schrank und legte sie als Kasse im Bad aus. Er trank Cognac und stierte in den Park unten, bis es dunkel wurde. Die Sonne ging an diesem Abend nicht unter. Sie löste sich auf. Solare Lösung in Nebelschwade auf Dunstflöckchen. Die Frau vom Donnerstag stand im Raum. Sie war gekommen, wie die Letzte gegangen war.

Bantu Ssiba füllte gedankenlos ein Glas, er öffnete sein Hemd mit leichter Geste und wand mit Waschbrett und Oberkörpermuskeln den Stoff zur Seite wie es eine muskulöse Schlange tun würde, schnippte mit zwei Fingern den Gürtel aus den Ösen und schnalzte ihn aufeinander, bevor er das Leder auf den Berber warf, das Gesicht gerade auf die Frau gerichtet, die sich durch seinen Strip nicht fangen lassen wollte. Sie betrachtete ihn nur. Nur. Wie bloßes Dasein des Unverständlichen. Ein Phänomen. Und unter den Blicken der Frau leerte sich jegliche Existenz aus dem Inneren des Callboys, als flöße Wasser durch einen geöffneten Abfluss in ein dunkles Rohrleitungssystem und fehle deshalb in einer Badewanne, in der allmählich jemand zu frieren beginnt. Bantu Ssiba versuchte, den Blicken auszuweichen. Er wusste, dass das, was er tat, perfekt war; die Art, wie er nun mit wippenden Bewegungen des Beckens den Reißverschluss betätigte, ihn langsam über den oberen Wulst eines festen Genitals gleiten ließ mit leichtem Schaben, hin – zurück, hin – ganz runter. Und immer noch, bei jedem Aufschauen aus dem, was er jetzt nicht mehr nur tat, sondern war, floss aus dem Inneren einer behaglich gedachten Existenz das Wasser ab. Und alles nur … des falschen Geldscheins wegen? Jetzt fiel ihm auf, dass zu seinen Bewegungen etwas fehlte, und mit der Hand tief im Hosenbund auf einem – zugegeben – strammen Arsch, den er massierte, dass eine ganze Wochenend-Diskothek hätte feuchte Augen bekommen können, und feuchte Beine, fiel ihm auf, dass er vergessen hatte, seine Musik zu spielen. Der CD-Player war stumm und er selbst eine Pantomime. Er küßte die Frau vom Donnerstag, verlegen, ohne zu wissen, wie er die Pause überbrücken sollte, und sie unterbrach die Geste, mit der er den Tuner in Betrieb nehmen wollte, und schob den im Ungleichgewicht wankenden Körper neben sich auf ein Sofa aus hässlichem, weißen Leder. Ihre Hand berührte seltsam hilflos seinen Bauch und versuchte, mit der gleichen Hilflosigkeit den Weg in seinen Slip zu finden. Aber es gab keine Rührung darüber. Diese Hilflosigkeit war echt. Eine echte Frau mit echten Wünschen und echter Hilflosigkeit fasste ihn an, und er spürte, gegen jeden Willen, dass es ihm leise kam.

Er küßte sie, er leckte sie, er brachte sie zum Weinen. Sein gesamtes Repertoire passte in diese eine

Nacht. Jemand versuchte, sich wiederzuerschaffen, jemand versuchte, mit der Gewalt all dessen, was er zu können glaubte, wieder der zu sein, der er gewesen war. Jemand scheiterte.

Wo genau endete der Zirkel des falschen Geldes? In einem Buch in einem Bad in einer nächtlichen Wohnung? Bantu sah, wie sie sich nun anzog und im Halbdunkel zwei Geldnoten auf ein Tischchen legte. Sie, die er eigentlich immer für unattraktiv gehalten hatte, betrachtete er nun mit veränderten Augen. Diese Frau war da. In diesem Raum. Durch sie gab es in dieser seltsamen, dunklen Leere ein zweites Sein, dessen Inneres nicht seines war. Er stand auf, als sie das Zimmer verließ, und folgte ihr. Folgte ihr durch eine verlassene Stadt, folgte ihr erst unsichtbar, dann nur noch mit dieser Illusion, folgte ihr noch, als er längst sicher war, dass sie ihn bemerkt hatte – und dass sie nichts dagegen unternahm. Folgte ihr bis zu einem Haus an einem modrigen Kanal, der sich in westlicher Richtung durch die Stadt windet, blickte hinein in die Fenster und sah dort einen Maler, der im Rollstuhl saß und malte. Verzweiflung ist der Ort, an dem die Fantasie zerbricht.

Bantu Ssiba hockte stumm in seiner Badewanne. Überall war Blut. Der Schmerz in seinen Genitalien ließ nach, wenn er sich darauf konzentrierte. Die Freitagsfrau lag drüben im Bett. Mit Handschellen gefesselt. Sie wartete auf etwas, das sie nicht bekommen würde. Eine Bullenpeitsche hing am Bettknauf und sandte von dort ihren ledrigen Geruch in den Raum. Die gefesselte Frau reckte sich danach. Erst ein bisschen, dann mehr. Dann ließ sie es bleiben. Wieviel Zeit mochte vergangen sein? Gedehnte Zeit in diesem Bett. Diese Lady ist in der Kreditabteilung zu Hause, ihr täglicher Beruf die Unterwerfung. Am Freitag um vier ist damit Schluss. Nicht jedem ist es gegeben, immer das zu tun, was sein Wunsch ihm auferlegt. Bantu Ssibas letzte Chance lag im Bett mit der Bitte um Bestrafung. Und begriff, worauf sie wirklich stand, als die Tür aufging und eine zweite Frau den Raum betrat. Sie blickte auf die Uhr, blickte zum Bett, sie ließ die Augen schweifen, ruhig und ängstlich zugleich. Dann stand sie nur da. Und dabei muss der Entschluss gefallen sein. Nach einer Weile ging sie einen Schritt, erkannte vielleicht sogar die Frau von der Bank, presste mit erstaunlich muskulösem Griff das Leder des Accessoires am Bettknauf. Sie streifte ihre Schuhe ab. Die Freitagsfrau atmete schwer.

Als die Polizei eintraf, war es schon zu spät. Früher Nachmittag. Er hatte es mit dem Rasiermesser gemacht. Der Schmerz muss grauenvoll gewesen sein.

Er hatte es nicht geschafft, sich den Penis vollständig abzutrennen, aber die Wunde hatte ausgereicht, ihn schnell zu töten. Es gab keine Farbe mehr in seinen Zügen. Selbst seine Haut schien grau. Er hatte nur einmal laut geschrien, bevor sich die Seele vom Körper trennte. Die Freitagsfrau hatte alles mitbekommen, in jeder Einzelheit. Swerina dagegen nicht. Als sie kam, war das Gröbste schon vorbei. Die Putzfrau hatte einige Zeit am Bett zugebracht. Erst später hatte sie einen der Scheine, die sie freitags immer mit denen im Büchlein tauschte, aus ihrer Tasche gezogen und das Badezimmer geöffnet. Mit einem leichten Huch auf den Lippen. Und viel Farbe im Gesicht.

Die Autorinnen und Autoren

Sophie Andresky hat bisher drei Bände mit erotischen Geschichten veröffentlicht, *Das Lächeln der Pauline* (1997), *In der Höhle der Löwin* (1998) und *Feucht* (2000) sowie das Adventskalenderbuch *Weihnachtsengel küsst man nicht* (2002). Im April 2003 erscheint ihre neue Sammlung erotischer Geschichten *tiefer*. Für ihre erotische Kurzprosa hat sie den *Joy Key Award* von Penthouse und den 1. Platz im Wettbewerb des Journals für die Frau gewonnen. Sophie Andresky lebt mit ihrem Liebsten und zwei Katern in Berlin

Roger M. Fiedler, geboren in Castrop-Rauxel, studierter Physiker, arbeitete als S-Bahnschaffner, Programmierer, Sekretär im Erzbischöflichen Jugendamt, im Messebau und in der Verpackungsindustrie. Für seinen Krimi-Erstling *Sushi, Ski und Schwarze Sheriffs* (1997) erhielt er den Deutschen Krimipreis (3. Platz), es folgte *Eisenschicht* (1998) und *Dreamin' Elefantz* (2000), das als »Kleinod in der derzeitigen Krimileselandschaft« mit dem Krimipreis der Raymond-Chandler-Gesellschaft, dem *Marlowe*, ausgezeichnet wurde. Roger M. Fiedler lebt in München, sein vierter Krimi *Pilzkrieg* erscheint im Frühjahr 2003.

Frank Goyke studierte Theaterwissenschaften in Leipzig, von 1991 bis 1996 war er Dramaturg am Berliner Fürst-Oblomov-Theater. Heute arbeitet er als freier Schriftsteller, Lektor und Herausgeber, u.a. hat er ein Sachbuch über die Horst-Schimanski-Filme geschrieben, *Tatort mit Götz George* (1997). Mit seinem Krimi-Erstling *Der kleine Pariser* (1992) begann die Serie mit Hauptkommissar Dietrich Kölling, die inzwischen acht Bände umfasst. Für *Dummer Junge, toter Junge* erhielt er 1996 den *Marlowe* der Raymond-Chandler-Gesellschaft. Frank Goyke lebt in Berlin, zurzeit arbeitet er an seinem dritten historischen Krimi aus der Hansezeit.

Thomas S. Roche hat sich vornehmlich im Krimi-, Erotika- und Horror-Genre eine guten Namen gemacht. Seine Kurzgeschichten erscheinen regelmäßig in Anthologien wie *The Mammoth Book of New Erotica* (1998), *Best of American Erotica* (1996) und *Splatterpunks* (1995). Er ist der Herausgeber der inzwischen dreibändigen *Noirotica*-Anthologie, die Pulp- und Noir-Elemente von Krimis der 50er und 60er Jahre mit explizit erotischen Themen verbindet. Ebenfalls hat er die Anthologien *Dark Matter, Moonlight Sonatas* und eine Sammlung von Vampirgeschichten, *Sons of Darkness* (1996), herausgegeben. Thomas S. Roche arbeitet als freier Journalist für den San Francisco Bay Guardian. Zurzeit schreibt er an einem Krimi.

Die Herausgeberin

Lisa Kuppler, geboren im schwäbischen Eßlingen, studierte Amerikanistik und Geschichte in Tübingen und den USA. Seit 1996 arbeitet sie als freie Lektorin, Ghost-Writerin und Übersetzerin, sie ist die Herausgeberin der Krimi-Reihe *Reihe M* und veröffentlichte mehrere Krimianthologien, darunter *Aszendent Mord* und *Queer Crime*. Die aktuelle Neuübersetzung von Krimi-Altmeister Mickey Spillane stammt aus ihrer Feder. Seit 2001 leitet sie das Krimibüro Wels Productions in Berlin-Mitte.